未名新集

朝華夕拾十篇

魯迅

北京未名社印行

1927

空半格　4

陶元慶作書面

向一个人讲故事——谈《朝花夕拾》及其手稿

（代前言）

黄乔生

一

《朝花夕拾》，鲁迅在《〈自选集〉自序》中称之为『回忆的记事』，在自传中称之为『回忆记』，共十篇，前五篇写于北京，后五篇写于厦门，记述作者从幼年到青年时期的生活道路和经历，生动描绘了清末民初中国社会生活图景，往事与现实纠结，叙述与议论交织，是研究鲁迅早期生活、思想及当时社会状况的重要文献。理解鲁迅，最起码要读《朝花夕拾》。各篇最初以『旧事重提』为总题，陆续发表于《莽原》半月刊。1927年7月，鲁迅在广州编订成书，添写小引、后记，改名『朝花夕拾』，由北京未名社1928年9月初版，封面图案为陶元庆所绘。列为作者所编的『未名新集』之一，1929年2月再版。1932年9月第3版有未名社和上海北新书局两个版本。

历来中学教科书选《朝花夕拾》中的篇什很多。现行2019年人教版语文教材共收录鲁迅作品九篇，从《朝花夕拾》中选了三篇，即《从百草园到三味书屋》《阿长与〈山海经〉》《藤野先生》。而且，在教育部2020年推荐给中学生的整本书阅读书单中，也有《朝花夕拾》。该书中涉及的历史、社会、文化问题及作者对这些问题的思考，在今天仍有启示意义。

日本有一位有志于研究中国学的学者，初到中国，请教鲁迅了解中国、研究中国文学应该读什么书，鲁迅以《朝花夕拾》相赠。这位日本学者写信给鲁迅表示想将《朝花夕拾》翻译成日文，鲁迅复信说：『《朝花夕拾》如有出版处所，译出来也好，但其中有关中国风俗和琐事太多，不多加注释恐不易看懂，注释一多，读起来又乏味了。』对今日中国读者来说，鲁迅写一百多年前人事的文字，难免有陌生感和隔阂，语文教科书中收录的篇什都做了比较详细的注释，而坊间各种注释本、插图本、绘画本更是琳琅满目。

童年、少年时代对一个人成长和成就的重要性不言而喻，尤其是对鲁迅这样的以自己经历作为主要素材的作家。鲁迅很少写自传和回忆儿童和青少年时代的文字，但他一生都在回忆，都在『返乡』。他的大部分小说描写故乡的民情风俗，S城、鲁镇、未庄，虽是虚构地名，但与他的家乡绍兴及周边相似度很高。《朝花夕拾》是鲁迅的一次集中的精神返乡，读过鲁迅小说的读者，对其中出现的人物会觉得面熟，如《呐喊》中的《故乡》与《朝花夕拾》的一些篇什就有密切的联系。《故乡》写『我』回乡搬家遇到杨二嫂的情节，完全可以出现在《朝花夕拾》中；《故乡》中雪天捕鸟的情节，《朝花夕拾·从百草园到三味书屋》中也有叙述。

二

《朝花夕拾》是有计划的写作，是鲁迅处于人生低谷中，在激烈和沉郁情绪间歇期向恋人『讲述自己过去的事情』。

这要从鲁迅1923年与二弟周作人失和、从八道湾胡同大宅院搬出说起。兄弟反目对他的身心都造成巨大影响，改变了他的生活方式。鲁迅搬到砖塔胡同租房暂居，开始了《彷徨》的写作，第一篇是《祝福》，接下去是《幸福的家庭》《在酒楼上》《肥皂》。买定房屋，搬到西三条『老虎尾巴』后，鲁迅继续创作《彷徨》中的小说如《伤逝》《孤独者》等，并于1924年9月开始了《野草》的写作。《野草》也是有计划的系列作品，一开始就有成书的预期，如《秋夜》标明『《野草》之一』，以下各篇顺序编号。同时，鲁迅写作杂感，参与现实斗争，斗争有时很激烈，往复辩论、争执，动了意气，甚至诉诸法律。1925年8月14日，鲁迅被教育总长章士钊免去教育部佥事职务，这是一个更能激发他斗志的事件。8月22日，他向平政院投递控告章士钊的诉状。次年1月16日，平政院认为『免职之处分系属违法，应予取消』，教育部即令『周树人暂署本部佥事』。

1925年是鲁迅创作的高峰年份。各样事件，各种刺激，让各种念头和灵感纷至沓来。这一年的夏天，他与韦素园、曹靖华、李霁野、台静农、韦丛芜等组织以翻译出版外国文学著作为宗旨的未名社。此前，他参与创办《语丝》，创办《莽原》，建立阵地，向各方面开拓。

1925年10月17日，鲁迅写完小说《孤独者》，10月21日，写完小说《伤逝》。其时，他与许广平确立了恋爱关系。正是在恋爱期间，鲁迅开始创作『旧事重提』系列『回忆记』即《朝花夕拾》。本书『小引』中说：『一个人做到只剩了回忆的时候，生涯大概总要算是无聊了罢。』多年后还在《〈自选集〉自序》中说《朝花夕拾》『只是回忆的记事罢了』，均为谦虚之词。鲁迅写这部书，至少有一个切实甚至切身的目的，就是向一个人讲故事。在《语丝》发表的文章，他或者是在与周作人对话，因为《语丝》是他和周作人共同参与创办的；而在《莽原》上，他的讲述对象是青年人。鲁迅《记念刘和珍君》中这样介绍自己与刘和珍的交往：『凡我所编辑的期刊，大概是因为往往有始无终之故罢，销行一向就甚为寥落，然而在这样的生活艰难中，毅然预定了《莽原》全年的就有她。』订刊的读者中，还有一个许广平。许广平在给鲁迅的信中，常常谈到《莽原》，评论刊物上的文章，自己也向《莽原》投稿，被鲁迅选用。鲁迅在书信和谈话中，会向恋人讲述自己的过往，正是恋人很愿意听闻的，如同传奇的英雄人物奥赛罗向苔丝狄蒙娜讲述自己以往的战绩。讲之不足，则笔之于书，写成文章。当然，许广平也会向鲁迅讲述自己如何摆脱包办婚姻、离家出走、求学的经历，所谓互相倾诉，双向奔赴。

既然是讲述青少年时代的生活经历，《朝花夕拾》本该有较为从容、悠闲的风格，但在创作的前期，具体说是北京写成的五篇，鲁迅身边发生了很多现实斗争，鲁迅便将这些斗争插入文章，于是行文显出一种『芜杂』。而到了厦门，生活有了余裕，讲述的语调就更从容一些了。

《朝花夕拾》与《野草》两部系列作品写作时间有交叉，自然有相互嵌入和风格趋同，如《二十四孝图》中对反对白话文者的诅咒，就有《野草》的复仇、杀戮意味；当然，《野草》中也有语态舒缓、意境优美的篇什，如《好的故事》《雪》等。将两部书对照阅读，可以更好地认识这个时期的鲁迅。

《朝花夕拾》反映了鲁迅童年、少年和青年时代的生活和学习情况。读者借此认识作者的成长经历、心路历程，见识形形色色的人物，了解那个时代的人情风俗、教育体制、社会结构和政治风尚。

三

现存鲁迅手稿，以2021年编辑出版的《鲁迅手稿全集》统计，总数超过三万页。其中，著作手稿留存不多；辑校古籍、抄校金石拓片手稿数量很大；日记，早期不存，从1912年开始至1936年逝世，基本完整；书信则有一千多封存世。著译作品交寄杂志社、报社或出版社发表，如果不是刻意保存。只作为这些机构的存档，则经过社会变动和人事变迁，存下来的不会太多。辑校古籍的手稿，鲁迅还要留存参考或谋求出版，自己精心保存。日记一般密不示人，保存自然更为稳固。鲁迅书信原件的保存更是一个奇迹，据日记等资料统计，他一生写过四五千封通信，能存下来一千多封，比例算是相当高了，这多亏鲁迅去世后手稿征集力度大，收信人捐献的积极性高。

过去有一些传言，说鲁迅对自己的手稿不在意保存，随意丢弃，这是一种误解。鲁迅自己曾谦虚地说自己的手稿不值得保存，能包裹油条或吃烧鸡的时候擦手，就算物尽其用了；还在得知青年人将自己的书信装裱起来珍藏时，说是浪费了财力物力。但有时——尤其是晚年——他有意识收存手稿，如《死魂灵》译稿，就是特意向发表机构要回来的。

《朝花夕拾》手稿的保存情况更为特殊。

第一篇《狗·猫·鼠》写自己历来对待三种小动物的态度，记录了幼时的相关经历和家乡的一些民间传说。可惜的是，这一篇没有留下手稿。包括第二篇《阿长与〈山海经〉》和第八篇《琐记》共三篇手稿不存的原因，也许是当时编辑《莽原》的未名社成员还没有收藏意识。不过，同时期，台静农保存了鲁迅的《娜拉走后怎样》演讲稿，说明至少台静农对鲁迅的手稿已经留意保存。随后几篇的手稿保存完好，应该是未名社同人充分认识到已经有相当文名的鲁迅的价值。对比同时期写作的《野草》，因为发表在《语丝》上，竟没有一篇手稿保存下来。

手稿有原真性和唯一性。手稿中显示出来的书写状态、行文风格、修改情况，可以让读者体会作家用语的恰当、文意的缜密。鲁迅写文章，字斟句酌，不轻易下笔。虽是大文豪，也不总是一挥而就，而是不断修改，如他在《南腔北调集·我怎么做起小说来》中所说：『我做完之后，总要看两遍，自己觉得拗口的，就增删几个字，一定要它读得顺口；没有相宜的白话，宁可引古语，希望总有人会懂，只有自己懂得或连自己也不懂的生造出来的字句，是不大用的。』他还在《答北斗杂志社问》中谈自己创作经验道：『多看看，不看到一点就写』，『写不出的时候不硬写』，『写完后至少看两遍，竭力将可有可无的字、句、段删去，毫不可惜。』不但有整段删去的，甚至还有写好之后完全丢弃的情况，如《势所必至 理所当然》一文的手稿，是许广平看到鲁迅将手稿团起来丢在废纸篓里，取出展开保存下来的。

鲁迅有一篇文章《不应该那么写》，介绍惠列赛耶夫所著《果戈理研究》一书的第六章阐述的从大作家修改文章认识写作的主张，认为『是极有益处的学习法』：

> 应该这么写，必须从大作家们的完成了的作品去领会。那么，不应该那么写这一面，恐怕最好是从那同一作品的未定稿本去学习了。在这里，简直好像艺术家在对我们用实物教授。恰如他指着每一行，直接对我们这样说——『你看——哪，这是应该删去的。这要缩短，这要改作，因为不自然了。在这里，还得加些渲染，使形象更加显豁些。』

鲁迅的手稿正是读者学习写作的典范。对鲁迅修改文章进行研究的重要成果是朱正所著《鲁迅手稿管窥》（后改名《跟鲁迅学改文章》，朱正评点，岳麓书社2004年版），其选择的对象是：《二十四孝图》、《五猖会》、《从百草园到三味书屋》、《藤野先生》、《坟》的题记、《〈准风月谈〉后记》的两页弃稿、《答徐懋庸并关于抗日统一战线问题》、《半夏小集》、《关于太炎先生二三事》，采用的方法是逐字逐句对照手稿和改定稿，介绍鲁迅修改文章的过程，分析鲁迅的修改意图，显示修改的效果。书中例证很多，仅举《藤野先生》结尾的一处。鲁迅先写下『回想起来，我在日本所受的苦恼……』但圈掉了，朱正推测可能是鲁迅觉得『在这一篇主要是怀念一位自己最感激的日本老师的文章的结尾，不要重提自己在日本所受的苦恼，以免破坏全篇流露着的强烈的感激之情』。鲁迅又用『他的照片……』作为这一段的起头，但只写了这几个字，又删掉，改成：『他所改正的讲义，我曾经订成三厚本，收藏着的……』朱正认为：

> 作者决定在这最后一段里写一写藤野先生留给自己的两件纪念品：改正过的讲义和题上『惜别』两个字的照片。先说哪一件好呢？作者原来

是打算先讲照片后讲讲义的。后来他感觉这样的安排次序不好，就把先后颠倒过来了。这一改动是很精彩的。因为藤野先生对讲义的细心修改，这在前面已经详细讲过了的，最后只要交代一下它终于不幸遗失的结局就够了。至于那照片，却还可以做几句有声有色情文并茂的文章来。文章中并列的几项，通常总是把最重要、最强调、最有分量的放在最后面。就像这篇这样，也只有现在大家看到的这样的最末一段，才能压得住全篇。如果先讲照片，后讲讲义的遗失，就显得头重脚轻了。

《鲁迅手稿管窥》使用的手稿原件是公藏单位提供的电子件，并非原件。鲁迅修改的地方，有时重墨涂抹，电子稿上难以判定原字句。所以，朱正的著作中常出现『涂去的二字难以辨认，似是……』或『涂去二字，前一字无法辨认，后一字似是……』。如果能对着原稿，使用较强的光源照射，可能从背面看到宣纸上写就的原字句的轮廓从而做出推断。如《藤野先生》手稿，题目上就有一个巨大的墨柱，鲁迅涂改原文后，在旁边写上『藤野两个字。推测起来，原拟题目大约有七八个字。但究竟是什么字呢？墨柱涂得密实，不易辨认。研究者从背面透视，看到被涂抹的原题是『吾师藤野严九郎先生』。鲁迅最后用了简称『藤野先生』，大概是不愿意显得过于古雅，因为『吾师』两个字显得有些『老派』。类似的考虑还有本书后记中有一段，手稿原文是『但是，「活无常学者」，名称不大高雅，我不想研究下去了，只在此下一个武断』，鲁迅改为『但是，「活无常学者」，名称不大冠冕，我不想干下去了，只在此下一个武断』，将雅词『研究下去』换成俗语『不想干下去了』，是在努力使文章口语化。类似情况还有《关于太炎先生二三事》原稿中的『先哲的精神，后人的楷模，端在于此』，鲁迅改为『这才是先哲的精神，后生的楷范』，删掉了『端在于此』，大约也是避免太近于文言。

《朝花夕拾》篇目很多，改动随处可见，例证不胜枚举，读者参看朱著，并阅读手稿，自当有独到的会心。这里只强调一下十篇正文之外的小引和后记。本书所收小引，有两份手稿，整理者标明是『两份十页』，一份题目是『《朝花夕拾》小引』，一份题目『小引』。前者应为写给《莽原》杂志，稿子上有红笔批注『急排印』，大约因为杂志催得紧，先行寄去刊载；后者是为全书排印所写，几乎没有修改痕迹，正是所谓『誊清稿』。鲁迅在两份手稿文末注明的写作时间都是1927年5月1日。一份手稿后所署日期比另一份的『五月一日，于广州』多了具体地点：『鲁迅于广州白云楼记。』

后记是考证文字，却并不显得琐碎，读起来很有趣味，对理解和欣赏《无常》《二十四孝图》等篇大有帮助。一篇后记写了两个多月，可见鲁迅所花考证功夫之大，论断之严谨，文句之讲究，意思之恰切。仅举一例。在比较各地绘画本活无常手中的扇子时，有这样一句：『3是广州本，扇子破了，也许因为广州天气热，用得太多。』说得很幽默，因为鲁迅时在广州，正值盛夏，做文章汗流浃背，想必扇子用得很勤。但手稿上这后半句被删掉，可能是为了避免『油滑』。油滑与幽默只隔着一层纸，而『油滑是创作的大敌』，鲁迅对其一直保持着警惕。

后记图文并茂，在全书手稿中观赏性最强。而且，鲁迅为了有图为证，广泛搜集，本想从现成的书中剪取插画的，但因不能找齐，只好自己动手，画了一幅『活无常』形象，略显其绘画才能之一斑。

四

本书收录了《朝花夕拾》现存全部手稿，将它印出来，读者从中可以看到作者的写作状态、行文风格，从修改处揣摩写作的技巧，体会作者的心态，获得一种亲切的阅读体验，对教学也会有所帮助。至于没有手稿的《狗·猫·鼠》《阿长与〈山海经〉》《琐记》三篇，用文章首发即初刊的影印件替代，以保证《朝花夕拾》一书的完整性。

为了给读者提供更多参考资料，本书还选录了几篇对理解本书有帮助的鲁迅的回忆性文章，如《忆韦素园君》《忆刘半农君》《女吊》《关于太炎先生二三事》等手稿。将鲁迅的回忆、自叙类文字集录起来，就形成一部鲁迅的自传，这是很值得尝试的工作。鲁迅有一个习惯，一边写作，一边及时将作品汇集出版，往往是逐年编集，并不十分讲究文体分类，如编入《呐喊》的《社戏》，其实写的是自己两个年龄段的观剧感受，完全可以编入《朝花夕拾》。而《朝花夕拾》完成后，鲁迅仍不断写回忆记一类文字，除上面提到的编为本书附录的几篇外，还有《杂忆》《为了忘却的记念》《因太炎先生想起的二三事》等，散在其他文集中，其实都应该集结在一起的。

盛年而逝的鲁迅没有来得及将自己经历中的大量人与事形诸文字，有些虽然提到，也是片言只语。即便《朝花夕拾》也没有按原计划完成。鲁迅本来要写十一篇的，实际上只完成了十篇。我根据史料推断，未写的一篇可能是要写他在南京和日本求学时期的同学、教育部的同事陈师曾。我将《鲁迅与陈师曾——从鲁迅〈朝花夕拾〉缺写第十一篇说起》附于书末，请读者参考，兹不赘述。

2024年12月5日于北京

目录

本书篇章页题名，
除“附录”一页外，
均取自手稿及初刊本

小引

急排印

「朝華夕拾」小引

魯迅

我常想在紛擾中尋出一點閑靜來，然而委實不容易。目前是這麼離奇，心裏是這麼蕪雜。一個人做到只剩了回憶的時候，生涯大概總要算是無聊了罷，但有時竟會連回憶也沒有。中國的做文章有軌範，世事也仍然是螺旋。前幾天我離開中山大學的時候，便想起四個月以前的離開厦门大學；聽到飛機在頭上鳴叫，竟記得了一年前在北京城上日日旋繞的飛機。我那時還做了一篇短文，叫作一覺。現在是，連這「一覺」也沒有了。

廣州的天氣熱得真早，夕陽從西窗射入，逼得人只能勉强穿一件單衣。書桌上的一盆「水横枝」，是我先前沒有見過的：就是一段樹，只要浸在水中，枝葉便青蔥得可愛。看看綠葉，編編舊稿，總算也在做一點事。做着這等事，真是雖生之日，猶死之年，很可以驅除炎熱的。

前天，已將野草編定了；這回便輪到陸續載在莽原上的舊事重提，我還替他改了一個名稱：朝華夕拾。帶露折花，色香自然要好得多，但是我不能夠。便是現在心目中的離奇和蕪雜，我也還不能使他即刻幻化，轉成離奇或蕪雜的文章。或者，他日仰看流雲時，會在我的眼前一閃爍罷。

我有一時，曾經屢次憶起兒時在故鄉所吃的蔬果：菱角，羅漢豆，茭白，香瓜。凡這些，都是極其鮮美可口的，都曾是使我思鄉的蠱惑。後來，我在久別之後嘗到了，也不過如此；惟獨在記憶上，還有舊來的意味留存。他們也許要哄騙我一生，使我時時反顧。

這十篇就是從記憶中抄出來的，與實際容或有些不同，然而我現在只記得是這樣。文體大概很雜亂，因為是或作或輟，經了九個月之多。環境也不一：前兩篇寫于北京寓所的東壁下；中三篇是流離中所作，地方是醫院和木匠房；後五篇却在廈门大学的圖書館的樓上，已經是被学者们擠出集團之後了。（五月一日，廣州。）

小引

我常想在紛擾中尋出一點閒靜來，然而委實不容易。目前是這麼離奇，心裏是這麼蕪雜。一個人做到只剩了回憶的時候，生涯大概總要算是無聊了罷，但有時竟會連回憶也沒有。中國的做文章有軌範，世事也仍然是螺旋。前幾天我離開中山大學的時候，便想起四個月以前的離開廈門大學，聽到飛機在頭上鳴叫，竟記得了一年前在北京城上日日旋繞的飛機。我那時還做了一篇短文，叫作「一覺」。現在是，連這「一覺」也沒有了。

廣州的天氣熱得真早，夕陽從西窗射入，逼得人只能勉強穿一件單衣。書桌上的一盆「水橫枝」，是我先前沒有見過的，就是一段樹，只要浸在水中，枝葉便青蔥得可愛。看看綠葉，編編舊稿，總算也在做一點事。做着這等事，真是雖生之日，猶死之年，很可以驅除炎熱的。

前天，已將野草編定了；這回便輪到陸續載在莽原上的舊事重提，我還替他改了一個名稱：朝華夕拾。帶露折花，色香自然要好得多，但是我不能够。便是現在心目中的離奇和蕪雜，我也還不能使他即刻幻化，轉成離奇或蕪雜的文章。或者，他日仰看流雲時，會在我的眼前一閃爍罷。

我有一時，曾經屢次憶起兒時在故鄉所喫的蔬果：菱角，羅漢豆，茭白，香瓜。凡這些，都是極其鮮美可口的；都曾是使我思鄉的蠱惑。後來，我在久別之後嘗到了，也不過如此；惟獨在記憶上，還有舊來的意味留存。他們也許要哄騙我一生，使我時時反顧。

4

□□這十篇就是從記憶中抄出來的，與實際容或有些不同，然而我現在只記得是這樣。文體大概很雜亂，因為是或作或輟，經了九個月之多。環境也不一：前兩篇寫于北京寓所的東壁下；中三篇是流離中所作，地方是醫院和木匠房；後五篇卻在廈门大學的圖書館的樓上，已經是被學者們擠出集團之後了。

□□一九二七年五月一日，魯迅于廣州白雲樓記。

"朝华夕拾"小引

二份共5頁

(10) 卅六

狗，猫，鼠

狗，貓，鼠

——舊事重提之一——

魯迅

從去年起，彷彿聽得有人說我是仇貓的。那根據自然是在我的那一篇兔和貓；這是自畫招供，當然無話可說，——但倒也毫不介意。一到今年，我可很有點擔心了。我是常不免于弄弄筆墨的，寫了下來，印了出去，對于有些人似乎總是搔着癢處的時候少，碰着痛處的時候多。萬一不謹，甚而至于得罪了名人或名教授，或者更甚而至于得罪了「負有指導青年責任的前輩」之流，可就危險已極。爲什麼呢？因爲這些大脚色是「不好惹」的。怎地「不好惹」呢？就是怕要渾身發熱之後，做一封信登在報紙上，廣告道：「看哪！狗不是仇貓的麽？魯迅先生却自己承認是仇貓的，而他還說要打「落水狗」！」這「邏輯」的奧義，卽在用我的話，來證明我倒是狗，于是而凡有言說，全都根本推翻，卽使我說二二得四，三三見九，也沒有一字不錯。這些既然都錯，則紳士口頭的二二得七，三三見千等等，自然就不錯了。

我于是就間或留心著查考牠們成讐的「動機」。這也並非敢妄學現下的學者以動機來褒貶作品的那些時髦，不過想給自己預先洗刷洗刷。據我想，這在動物心理學家，是用不著費什麼力氣的，可惜我沒有這學問。後來，在覃哈特博士(Dr. O. Dähuhardt) 的自然史底國民童話裏，總算發見了那原因了。據說，是這麼一回事：動物們因爲要商議要事，開了一個會議，鳥，魚，獸都齊集了，單是缺了象。大家議定，派夥計去迎接牠，拈到了當這差使的鬮的就是狗。「我怎麼找到那象呢？我沒有見過牠，也和牠不認識。」牠問。「那容易，」大衆說，「牠是駝背的。」狗去了，遇見一匹貓，立刻弓起脊梁來，牠便招待，同行，將弓著脊梁的貓介紹給大家道：「象在這里！」但是大家都嗤笑牠了。從此以後，狗和貓便成了讐家。

日耳曼人走出森林雖然還不很久，學術文藝却已經很可觀，便是書籍的裝潢，玩具的工緻，也無不令人心愛，獨有這一篇童話却實在不漂亮。結怨也結得沒有理，貓的弓起脊梁，幷不是希圖冒充，故意擺架子的，其咎却在狗的自己沒眼力。然而原因也總可以算作一個原因。我的仇貓，是和這大大兩樣的。

其實人禽之辨，本不必這樣嚴。在動物界，雖然並不如古人所幻想的那樣舒適自由，可是嚕囌做作的事總比人間少。牠們適性任情，對就對，錯就錯，不說一句分辯話。蟲蛆也許是不乾淨的，但牠們並沒有自鳴淸高；鷙禽猛獸以較弱的動物爲餌，不妨說是凶殘的罷，但牠們從來就沒有豎過公理正義的旗子，使犧牲者直到被喫的時候爲止，還是一味佩服讚歎牠們。人呢，能直立了，自然是一大進步，能說話了，自然又是一大進步，能寫字作文了，自然又是一大進步，然而也就墮落，因爲那時也開始了說空話。說空話尙無不可，甚至于連自己也不知道說著違心之論，則對于只能嗥叫的動物，實在免不得「顏厚有忸怩」。假使眞有一位一視同仁的造物主，高高在上，那麼，對于人類的這些小聰明，也許倒以爲多事，正如我們在萬生園裏，看見猴子翻筋斗，母象請安，雖然往往破顏一笑，但同時也覺得不舒服，甚至于感到悲哀，以爲這些多餘的聰明，倒不如沒有的好罷。然而，旣經爲人，便也只好「黨同伐異」，學着人們的說話，隨俗來談一談，——辯一辯了。

現在說起我仇貓的原因來，自己覺得是理由充足，而且光明正大的。一，牠的性情就和別的猛獸不同，凡捕食雀鼠，總不肯一口咬死，定要儘情玩弄，放走，又捉住，捉住，又放走，直待自己玩厭了，這纔喫下去，頗與人們的幸災樂禍，慢慢地折磨弱者的壞脾氣相同。二，他不是和獅虎同族的麼？可是有這麼一副媚態！但這也許是限于天分之故罷，假使牠的身材比現在大十倍，那就眞不知道牠所取的是怎麼一種態度。然而，這些口實，仿彿又是現在提起筆來的時候添出來的，雖然也像是當時湧上心來的理由。要說得可靠一點，或者倒不如說不過因爲牠們配合時候的嗥叫，手續竟有這麼繁重，鬧得別人心煩，尤其是夜間要看書，睡覺的時候。當這些時候，我便要用長竹竿去攻擊牠們。狗們在大道上配合時，常有閑漢拿了木棍痛打；我曾見大勃呂該爾(P.Bruegel d. A)的一張銅版畫Allegorie der Wollust上，也畫着這回事，可見這樣的舉動，是中外古今一致的。自從那執拗的奧國學者弗羅特(S. Freud)提倡了精神分析說—Psychoanalysis，聽說章士釗先生是譯作「心解」的，雖然簡古，可是實在難解得很—以來，我們的名人名教授也頗有隱隱約約，撿來應用的了，這些事便不免又要歸宿到性慾上去。打狗的事我不管，至于我的打貓，却只因爲牠們嚷嚷，此外並無惡意，我自信我的嫉妒心還沒有這麼博大，當現下「動輒獲咎」之秋，這是不可不預先聲明的。例如人們當配合之前，也很有些手續，新的是寫情書，少則一束，多則一綑；舊的是什麼問名納采，磕頭作揖，去年海昌蔣氏在北京舉行婚禮，拜來拜去，就十足拜了三天，還印有一本紅面子的婚禮節文，序論裏大發議論道：「平心論之，既名爲禮，當必繁重。專圖簡易，何用禮爲？……然則世之有志於禮者，可以興矣！不可退居於禮所不下之庶人矣！」然而我毫不生氣，這是因爲無須我到場；因此也可見我的仇貓，實在簡簡單單，只爲了牠們在我的耳朵邊儘嚷的緣故。人們的各種禮式，局外人可以不見不聞，我就滿不管，但如果當我正要看書或睡覺的時候，有人來勒令朗誦情書，奉陪作揖，那是爲自衞起見，還要用長竹竿來抵禦的。還有，平素不大交往的人，忽而寄給我一個紅帖子，上面印著「爲舍妹出閣」「小兒完姻」「敬請觀禮」或「闔第光臨」這些含有「陰險的暗示」的句子，使我不化錢便總覺得有些過意不去的，我也不十分高興。

但是，這都是近時的話。再一回憶，我的仇貓却遠在能夠說出這些理由之前，也許是還在十歲上下的時候了。至今還分明記得，那原因是極其簡單的：只因爲牠吃老鼠，——吃了我飼養著的可愛的小小的隱鼠。

聽說西洋是不很喜歡黑貓的，不知道可確；但 Edgar Allan Poe 的小說裏的黑貓，却實在有點駭人。日本的貓善于成精，傳說中的「貓婆」，那食人的慘酷確是更可怕。中國古時候雖然會有貓鬼，近來却很少聽到貓的興妖作怪，似乎古法已經失傳，老實起來了。只是我在童年，總覺得牠有點妖氣，沒有什麼好感。那是一個我的幼時的夏夜，我躺在一株大桂樹下的小板桌上乘凉，祖母搖著芭蕉扇坐在桌旁，給我猜謎，講故事。忽然，桂樹上沙沙地有趾爪的爬搔聲，一對閃閃的眼睛在暗中隨聲而下，使我喫驚，也將祖母講著的話打斷，另講貓的故事了——

「你知道麼？貓是老虎的先生。」她說。「小孩子怎麼會知道呢，貓是老虎的師父。老虎本來是什麼也不會的，就投到貓的門下來。貓就教給牠撲的方法，捉的方法，喫的方法，像自己的捉老鼠一樣。這些教完了；老虎想，本領都學到了，誰也比不過牠了，只有老師的貓還比自己强，要是殺掉貓，自己便是最强的脚色了。牠打定主意，就上前去撲貓。貓是早知道牠的來意的，一跳，便上了樹，老虎却只能眼睜睜地在樹下蹲著。牠還沒有將一切本領傳授完，還沒有教給牠上樹。」

這是僥幸的，我想，幸而老虎很性急，否則從桂樹上就會爬下一匹老虎來。然而究竟很怕人，我要進屋子裏睡覺去了。夜色更加黯然；桂葉瑟瑟地作響，微風也吹動了，想來草席定已微涼，躺著也不至于煩得翻來覆去。

幾百年的老屋中的豆油燈的微光下，是老鼠跳梁的世界，飄忽地走著，吱吱地叫著，那態度往往比「名人名教授」還軒昂。貓是飼養着的，然而喫飯不管事。祖母她們雖然常恨鼠子們嚙破了箱櫃，偷吃了東西，我却以爲這也算不得什麼大罪，也和我不相干，況且這類壞事大概是大個子的老鼠做的，決不能誣陷到我所愛的小鼠身上去。這類小鼠大抵在地上走動，只有拇指那麼大，也不很畏懼人，我們那里叫牠「隱鼠」，與專住在屋上的偉大者是兩種。我的牀前就帖著兩張花紙，一是「八戒招贅」，滿紙長嘴大耳，我以爲不甚雅觀；別的一張「老鼠成親」却可愛，自新郎新婦以至儐相，賓客，執事，沒有一個不是尖腮細腿，像煞讀書人的，但穿的都是紅衫綠褲。我想，能舉辦這樣大儀式的，一定只有我所喜歡的那些隱鼠。現在是粗俗了，在路上遇見人類的迎娶儀仗，也不過當作性交的廣告看，不甚留心；

但那時的想看「老鼠成親」的儀式，却極其神往，即使像海昌蔣氏似的連拜三夜，怕也未必會看得心煩。正月十四的夜，是我不肯輕易便睡，等候牠們的儀仗從牀下出來的夜，然而仍然只看見幾個光着身子的隱鼠，在地面游行，不像正在辦著喜事。直到我熬不住了，快快睡去，一睜眼却已經天明，到了燈節了。也許鼠族的婚儀，不但不分請帖，來收羅賀禮，雖是真的「觀禮」，也絕對不歡迎的能，我想，這是牠們向來的習慣，無法抗議的。

老鼠的大敵其實並不是貓。春後，你聽到牠「咋！咋咋咋咋！」地叫著，大家稱為「老鼠數銅錢」的，便知道牠的可怕的屠伯已經光降了。這聲音是表現絕望的驚恐的，雖然遇見貓，還不至于這樣叫。貓自然也可怕，但老鼠只要竄進一個小洞去，牠也就奈何不得，逃命的機會還很多。獨有那可怕的屠伯——蛇，身體是細長的，圓徑和鼠子差不多，凡鼠子能到的地方，牠也能到，追逐的時間也格外長，而且萬難倖免，當「數錢」的時候，大概是已經沒有第二步辦法的了。

有一回，我就聽得一間空屋裏有著這種「數錢」的聲音，推門進去，一條蛇伏在橫梁上，看地上，躺著一匹隱鼠，口角流血，但兩脅還是一起一落的。取來給躺在一個紙盒子裏，大半天，竟醒過來了，漸漸地能夠飲食，行走，到第二日，似乎就復了原，但是不逃走。放在地上，也時時跑到人面前來，而且緣腿而上，一直爬到膝髁。給放在飯桌上，便檢喫些菜渣，舐舐碗沿；放在我的書桌上，則從容地游行，看見硯臺便舐喫了研著的墨汁。這使我非常驚喜了。我聽父親說過的，中國有一種墨猴，只有拇指一般大，全身的毛是漆黑而且發亮的。牠睡在筆筒裏，一聽到磨墨，便跳出來，等著，等到人寫完字，套上筆，就舐盡了硯上的餘墨，仍舊跳進筆筒裏去了。我就極願意有這樣的一個墨猴，可是得不到；問那里有，那里買的呢，誰也不知道。「慰情聊勝無」，這隱鼠總可以算是我的墨猴了罷，雖然牠舐喫墨汁，並不一定肯等到我寫完字。

現在已經記不分明，這樣地大約有一兩月；有一天，我忽然感到寂寞了，真所謂「若有所失」。我的隱鼠，是常在眼前游行的，或桌上，或地上。而這日却大半天沒有見，大家喫午飯了，也不見牠走出來，平時，是一定出現的。我再等著，再等牠一半天，然而仍然沒有見。

長媽媽，一個一向帶領著我的女工，也許是以為我等得太苦了罷，輕輕地來告訴我一句話。這即刻使我憤怒而且悲哀，決心和貓們為敵。她說：隱鼠是昨天晚上被貓喫去了！

當我失掉了所愛的，心中有著空虛時，我要充填以報讐的惡念！

我的報讐，就從家裏飼養著的一匹花貓起，逐漸推廣，至于凡所遇見的諸貓。最先不過是追趕，襲擊；後來却愈加巧妙了，能飛石擊中牠們的頭，或誘入空屋裏面，打得牠垂頭喪氣。這作戰繼續得頗長久，此後似乎貓都不來近我了。但對于牠們縱使怎樣戰勝，大約也算不得一個英雄；況且中國畢生和貓打仗的人也未必多，所以一切韜略，戰績，還是全都省略了罷。

但許多天之後，也許是已經經過了大半年，我竟偶然得到一個意外的消息：那隱鼠其實並非被貓所害，倒是牠緣著長媽媽的腿要爬上去，被她一腳踏死了。

這確是先前所沒有料想到的。現在我已經記不清當時是怎樣一個感想，但和貓的感情卻終于沒有融和；到了北京，還因爲牠傷害了兔的兒女們，便舊隙夾新嫌，使出更辣的辣手。「仇貓」的話柄，也從此傳揚開來。然而在現在，這些早已是過去的事了，我已經改變態度，對貓頗爲客氣，倘其萬不得已，則趕走而已，決不打傷牠們，更何況殺害。這是我近幾年的進步。經驗既多，一旦大悟，知道貓的偷魚肉，拖小雞，深夜大叫，人們自然十之九是憎惡的，而這憎惡是在貓身上。假如我出而爲人們驅除這憎惡，打傷或殺害了牠，牠便立刻變爲可憐，那憎惡倒移在我身上了。所以，目下的辦法，是凡遇貓們搗亂，至于有人討厭時，我便站出去，在門口大聲叱曰：「噓！滾！」小小平靜，即回書房，這樣，就長保著禦侮保家的資格。其實這方法，中國的官兵就常在實做的，他們總不肯掃淸土匪或撲滅敵人，因爲這麼一來，就要不被重視，甚至于因失其用處而被裁汰。我想，如果能將這方法推廣應用，我大概也總可望成爲所謂「指導靑年」的「前輩」的能，但現下也還未決心實踐，正在研究而且「推敲」。

（一九二六年二月二十一日。）

阿長與山海經

阿長與山海經

舊事重提之二

魯迅

長媽媽，已經說過，是一個一向帶領着我的女工，說得闊氣一點，就是我的保姆。我的母親和許多別的人都這樣稱呼她，似乎略帶些客氣的意思。只有祖母叫他阿長。我平時叫她「阿媽」，連「長」字也不帶；但到憎惡她的時候，——例如知道了謀死我那隱鼠的却是她的時候，就叫她阿長。

我們那里沒有姓長的；她生得黃胖而矮，「長」也不是形容詞。又不是她的名字，記得她自己說過，她的名字是叫作什麼姑娘的。什麼姑娘，我現在已經忘却了，總之不是長姑娘；也終于不知道她姓什麼。記得她也曾告訴過我這個名稱的來歷：先前的先前，我家有一個女工，身材生得很高大，這就是眞阿長。後來她囘去了，我那什麽姑娘纔來補她的缺，然而大家因爲叫慣了，沒有再改口，于是她從此也就成爲長媽媽了。

雖然背地裏說人長短不是好事情，但倘使要我說句真心話，我可只得說：我實在不大佩服她。最討厭的是常喜歡切切察察，向人低聲絮說些什麽事，還豎起第二個手指，在空中上下搖動，或者點着對手或自己的鼻尖。我的家裏一有些小風波，不知怎的我總疑心和這「切切察察」有些關係。又不許我走動，拔一株草，翻一塊石頭，就說我頑皮，要告訴我的母親去了。一到夏天，睡覺時她又伸開兩脚兩手，在床中間擺成一個「大」字，擠得我沒有餘地翻身，久睡在一角的席子上，又已經烤得那麽熱。推她呢，不動；叫她呢，也不聞。

「長媽媽生得那麽胖，一定很怕熱能？晚上的睡相，怕不見得很好能？……」

母親聽到我多回訴苦之後，曾經這樣地問過她。我也知道這意思是要她多給我一些空席。她不開口。但到夜裏，我熱得醒來的時候，却仍然看見滿床擺着一個

「大」字，一條臂膊逕擱在我的頸子上。我想，這實在是無法可想了。

但是她懂得許多規矩；這些規矩，也大概是我所不耐煩的。一年中最高興的時節，自然要數除夕了。辭歲之後，從長輩得到壓歲錢，紅紙包着，放在枕邊，只要過一宵，便可以隨意使用。睡在枕上，看着紅包，想到明天買來的小鼓，刀槍，泥人，糖菩薩……。然而她進來，又將一個福橘放在床頭了。

「哥兒，你牢牢記住！」她極其鄭重地說。「明天是正月初一，清早一睜開眼睛，第一句話就得對我說：『阿媽，恭喜恭喜！』記得麼？你要記着，這是一年的運氣的事情。不許說別的話！說過之後，還得喫一點福橘。」她又拿起那橘子來在我的眼前搖了兩搖，「那麼，一年到頭，順順流流……。」

夢裏也記得元旦的，第二天醒得特別早，一醒，就要坐起來。她却立刻伸出臂膊，一把將我按住。我驚異地看她時，只見她惶急地看着我。

她又有所要求似的，搖着我的肩。我忽而記得了——

「阿媽，恭喜……。」

「恭喜恭喜！大家恭喜！真聰明！恭喜恭喜！」她于是十分喜歡似的，笑將起來，同時將一點冰冷的東西，塞在我的嘴裏。我大喫一驚之後，也就忽而記得，這就是所謂福橘，元旦闢頭的磨難，總算已經受完，可以下牀玩耍去了。

她教給我的道理還很多，例如說人死了，不該說死掉，必須說「老掉了」；死了人，生了孩子的屋子裏，不應該走進去；飯粒落在地上，必須揀起來，最好是喫下去；曬褲子用的竹竿底下，是萬不可鑽過去的……。此外，現在大抵忘却了，只有元旦的古怪儀式記得最清楚。總之：都是些煩瑣之至，至今想起來還覺得非常麻煩的事情。

然而我有一時也對她發生過空前的敬意。她常常對我講「長毛」。她之所謂「長毛」者，不但洪秀全軍，似乎連後來一切土匪强盗都在內，但除却革命黨，因爲那時還沒有。她說得長毛非常可怕，他們的話就聽不懂。她說先前長毛進城的時候，我家全都逃到海邊去了，只留一個門房和年老的煮飯老媽子看家。後來長毛果然進門來了，那老媽子便叫他們「大王」，——據說對長毛就應該這樣叫，——訴說自己的飢餓。長毛笑道：「那麼，這東西就給你喫了罷！」將一個圓圓的東西擲了過來，還帶着一條小辮子，正是那門房的頭。煮飯老媽子從此就駭破了膽，後來一提起，還是立刻面如土色，自己輕輕地拍着胸脯道：「阿呀，駭死我了，駭死我了……。」

我那時似乎倒並不怕，因爲我覺得這些事和我毫不相干的，我不是一個門房。但她大概也即覺到了，說道，「像你似的小孩子，長毛也要擄的，擄去做小長毛。還有好看的姑娘，也要擄。」

「那麼，你是不要緊的。」我以爲她一定最安全了，既不做門房，又不是小孩子，也生得不好看，況且頸子上還有許多灸瘡疤。

「那里的話？！」她嚴肅地說。「我們就沒有用麼？我們也要被擄去。城外有兵來攻的時候，長毛就叫我們脫下褲子，一排一排地站在城牆上，外面的大砲就放不出來；再要放，就炸了！」

這實在是出于我意想之外的，不能不驚異。我一向只以爲她滿肚子是麻煩的禮節罷了，却不料她還有這樣偉大的神力。從此對于她就有了特別的敬意，似乎實在深不可測；夜間的伸開手脚，佔領全牀，那當然是情有可原的了，倒應該我退讓。

這種敬意，雖然也逐漸淡薄起來，但完全消失，大概是在知道她謀害了我的隱鼠之後。那時就極嚴重地詰問，而且當面叫她阿長。我想我又不眞做小長毛，不去攻城，也不放砲，更不怕砲炸，我懼憚她什麼呢！

但當我哀悼隱鼠，給牠復讐的時候，一面又在渴慕着繪圖的山海經了。這渴慕是從一個遠房的叔祖惹起來的。他是一個胖胖的，和藹的老人，愛種一點花木，如珠蘭，茉莉之類，還有極其少見的，據說從北邊帶囘去的馬纓花。他的太太却正相反，什麼也莫名其妙，曾將曬衣服的竹竿擱在珠蘭的枝條上，枝折了，還要憤憤地咒罵道：「死屍！」這老人是個寂寞者，因爲無人可談，就很愛和孩子們往來，有時簡直稱我們爲「小友」。在我們聚族而居的宅子裏，只有他書多，而且特別。制藝和試帖詩，自然也是有的；但我却只在他的書齋裏，看見過陸璣的毛詩鳥獸草木蟲魚疏，還有許多名目很生的書籍。我那時最愛看的是花鏡，上面有許多圖。他說給我聽，曾經有過一部繪圖的山海經，畫着人面的獸，九頭的蛇，三脚的鳥，生着翅膀的人，沒有頭而以兩乳當作眼睛的怪物，……可惜現在不知道放在那里了。

我很願意看看這樣的圖書，但不好意思力逼他去尋找，他是很疏懶的。問別人呢，誰也不肯眞實地囘答我；壓歲錢還有幾百文，買罷，又沒有好機會。有書買的大街離我家遠得很，我一年中只能在正月間出玩一趟，那時候，兩家書店都緊緊地關着門。

玩的時候倒是沒有什麼的，但一坐下，我就記得繪圖的山海經。

大概是太過于念念不忘了，連阿長也來問山海經是怎麼一回事。這是我向來沒有和她說過的，我知道她並非學者，說了也無益；但既然來問，也就都對她說了。

過了十多天，或者一個月罷，我還很記得，是她告假回家以後的四五天，她穿着新的藍布衫回來了，一見面，就將一包書遞給我，高興地說道——

「哥兒，有畫兒的『三哼經』，我給你買來了！」

我似乎遇着了一個霹靂，全體都震悚起來；趕緊去接過來，打開紙包，是四本小小的書，略略一翻，人面的獸，九頭的蛇，……果然都在內。

這又使我發生新的敬意了，別人不肯做，或不能做的事她却能夠做成功。她確有偉大的神力。謀害隱鼠的怨恨，從此完全消滅了。

這四本書，乃是我最初得到，最爲心愛的寶書。

書的模樣，到現在還在眼前。可是從還在眼前的模樣來說，却是一部刻印都十分粗拙的本子。紙張很黃；圖象也很壞，甚至于幾乎全用直線湊合，連動物的眼睛也都是長方形的。但那是我最爲心愛的寶書，看起來，確是人面的獸；九頭的蛇；一脚的牛；袋子似的帝江；沒有頭而「以乳爲目，以臍爲口」，還要「執干戚而舞」的刑天。

此後我就更其搜集繪圖的書，于是有了石印的爾雅音圖和毛詩品物圖攷，又有了點石齋叢書和詩畫舫。山海經也另買了一部石印的，每卷都有圖讚，綠色的畫，字是紅的，比那木刻的精緻得多了。這一部直到前年還在，是縮印的郝懿行疏。木刻的却已經記不清是什麼時候失掉了。

我的保姆，長媽媽即阿長，辭了這人世，大概也有了三十年了罷。我終于不知道她的姓名，她的經歷，僅知道有一個過繼的兒子，大約她是青年守寡的孤孀。

仁厚黑暗的地母呵，願在你懷裏永安她的魂靈！

（三月十日。）

二十四孝圖

前空三行

二十四孝圖

—舊事重提之三—

空半行

鲁迅

我總要上下四方尋求，得到一種最黑最黑，最黑的咒文，先來詛咒一切反對白話，妨害白話者。即使人死了真有魂靈，因這最惡的心，應該墮入地獄，也將決不改悔，總要先來詛咒一切反對白話，妨害白話者。

自從所謂「文學革命」以來，供給孩子的書籍，和歐美日本的一比較，雖然很可憐，但總算有圖有說，只要能讀下去，就可以懂得的了。可是一班別有心腸的人們，便竭力來阻遏牠，要使孩子的世界中，沒有一絲樂趣。北京現在常用「馬虎子」這一句話來恐嚇孩子們。或者說，那就是開河記上所載的，給隋煬帝開河，蒸死小兒的麻叔謀；正確地寫起來，須是「麻胡子」。那麼，這麻叔謀乃是胡人了。但無論他是甚麼人，他的吃小孩究竟也還有限，不過盡他的一生。妨害白話者的流毒卻甚于洪水猛獸，常廣大，也非常長久，能使全中國化成一個麻胡，凡有孩子都死在他肚子裏。

只要對于白話來加以謀害者，都應該滅亡！

這些話，紳士們自然難免要掩住耳朵的，因為就是所謂「跳到半天空，罵得體無完膚，——還不肯罷休。」而且文士們一定也要罵，以為大悖于「文格」，亦即大損于「人格」。豈不是「言者心聲也」麼？「文」和「人」當然是相關的，雖然人間世本來千奇百怪，教授們中也有「不尊敬」作者的人格而不能「不說他的小說好」的特別種族。但這些我都不管，因為我幸而還沒有爬上「象牙之塔」去，正無須怎樣小心。倘若無意中竟已撞上去了，那就即刻跌下來罷。然而在跌下來的中途，當還未到地之前，還要說一遍——

只要對于白話來加以謀害者，都應該滅亡！

每看見小學生歡天喜地地看着一本粗拙的兒童世界之類，另想到別國的兒童用書的精美，自然要覺得中國兒童的可憐。但回憶起我和我的同窗小友的童年，卻不能不以為他[redacted]幸福，給我们的永逝的韶光一個悲哀的弔唁。我们那時有什麼可看呢，只要略有圖畫的本子，就要被塾師，就是當時的「引導青年的前輩」禁止，訶斥，甚而至于打手心。我的小同学因為專讀「人之初性本善」讀得要枯燥而死了，只好偷偷地翻開第一葉，看那題着「文星高照」四個字的惡鬼一般的魁星像，來滿足他幼稚的愛美的天性。昨天[redacted]看這個，[redacted]今天也看這個，然而他们的眼睛裏還閃出蘇醒和歡喜的光輝來。

在[redacted]書塾以外，禁令可比較的寬了，但這是說自己的事，各人大概不一樣。我能在大衆面前，冠冕堂皇地閱看的，是文昌帝君陰騭文圖說和玉歷鈔傳，都畫着冥冥之中賞善罰惡的故事，雷公電母站在雲中，[redacted]牛頭馬面布滿地下，不但「跳到半天空」是觸犯天條的，[redacted]即使半語不合，一念偶差，也都得受相當的報應。[redacted]這所報的[redacted]也並非「睚眦之怨」，因為那地方是鬼神為君，「公理」作宰，請酒下跪，全都無功，簡直[redacted]是無法可想。在中國的天地間，不但做人，便是做鬼，也艱難極了。然而究竟

文藝叢書稿紙

很有比陽间更好的處所；[redacted]無所謂「紳士」，也沒有「流言」。

[redacted]陰間，[redacted]倘要穩妥，是頌揚不得的。尤其是[redacted]常常好弄筆墨的人，在現在的中國，流言的治下，而又大談「言行一致」的時候。前車可鑒，聽說亞爾志跋綏夫曾答一個少女的質問說，「惟有在人生的事實這本身中尋出歡喜者，可以活下去。倘若在那里什麼也不見，他們其實倒不如死。」于是[redacted]乎有一個叫作密哈羅夫的，寄信嘲罵他道，「……所以我[redacted]完全誠實地勸你以自殺來禍福你自己的生命，因為這第一是合于邏輯，第二是你的言語和行為不至于背馳。」

其實這論法就是謀殺，他就這樣地在他的人生中尋出歡喜來。亞爾志跋綏夫只發了一大通牢騷，沒有自殺。密哈羅夫先生後來不知道怎樣，這一個歡喜失掉了，或者另外又尋到了「什麼」了罷。誠然，「這些時候，勇敢，是安穩的；情熱，是毫無危險的。」

然而，對于陰間，我終于已經頌揚過了，[redacted]無法追改，雖有「言行不符」之嫌，但[redacted]確沒

共十一行　每行三十六字

有受過閻王小鬼的半文津貼，則是可以自解。總而言之，還是仍然寫下去[redacted]罷。——

我所看的那些陰間的圖畫，都是家藏的老書，並非我所專有。我所收得的最先的畫圖本子，是一位長輩的贈品：二十四孝圖。雖然不過薄薄的一本，但是下圖上說，鬼少人多，又為我一人所獨有，使我高興極了。那裏面的故事，似乎是誰都知道的；便是不識字的人，例如阿長，也只要一看圖畫便能夠滔滔地講出這一段的事迹。但是，我于高興之餘，接着就是[redacted]掃興，因為我請人講完了二十四個故事之後，纔知道「孝」有如此之難，對于先前痴心妄想，想做孝子的計劃，完全絕望了。

「人之初，性本善」麼？這並非現在要加研究的問題。但我還依稀記得，我幼小時候實未嘗蓄意忤逆，對于父母，倒是極願意孝順的。不過年幼無知，只用了私見來解釋「孝順」的做法，以為無非是「聽話」「從命」，以及長大之後，給年老的父母好好地喫飯罷了。自從得了這一本孝子的教科書以後，纔[redacted]知道並不然，而且還要難到幾十幾百倍。其中自然也有可以勉力倣傚的，如「子路負米」，「黃香扇枕」之類。「陸績懷橘」

也並不難，只要有闊人請我吃飯。「魯迅先生作賓客而懷橘乎？」我便跪答云，「吾母性之所愛，欲歸以遺母。」闊人大佩服，於是孝子就做定了，也非常省事。「哭竹生筍」就可疑，怕我的精誠未必會這樣感動天地。但是哭不出筍來，還不過拋臉而已，一到「臥冰求鯉」，可就有性命之虞了。我鄉的天氣是溫和的，嚴冬中，水面也只結一層薄冰，即使孩子的重量怎樣小，躺上去，也一定嘩喇一聲，冰破落水，鯉魚還不及游過來。自然，必須不顧性命，這才孝感神明，會有出乎意料之外的奇迹，但那時我還小，實在不明白這些。

其中最使我不解，甚至於發生反感的，是「老萊娛親」和「郭巨埋兒」兩件事。

我至今還記得，一個躺在父母跟前的老頭子，一個抱在母親手上的小孩子，是怎樣地使我發生不同的感想呵。他們一手都拿着「搖咕咚」。這玩意兒確是可愛的，北京稱為小鼓，蓋即鼗也，朱熹曰，「鼗，小鼓，兩旁有耳；持其柄而搖之，則兩耳還自擊，」咕咚咕咚地響起來。然而這東西是不該拿在老萊子手裏的，他應該扶一枝拐杖。現在這模樣，簡直是裝佯，侮辱了孩子，我沒有再看第二回，一到這一葉，便急速地翻過去了。

那時的二十四孝圖，早已不知去向了，目下所有的只是一本日本小田海僊所畫的本子，敍老萊子事云，「行年七十，言不稱老，常著五色斑斕之衣，為嬰兒戲於親側。又常取水上堂，詐跌仆地，作嬰兒啼，以娛親意。」大約舊本也差不多，而招我反感的便是「詐跌」。無論忤逆，無論孝順，小孩子多不願意「詐」作，聽故事也不喜歡是謠言，這是凡有稍有留心兒童心理的都知道的。

然而在較古的書上一查，卻還不至於如此虛偽。師覺授孝子傳云，「老萊子……常衣斑斕之衣，為親取飲，上堂腳跌，恐傷父母之心，僵仆為嬰兒啼。」（太平御覽四百十三引）較之今說，似稍近於人情。不知怎地，後之君子卻一定要改得他「詐」起來，心裏纔能舒服。鄧伯道棄子救姪，想來也不過「棄」而已矣，昏妄人也必須說他將兒子綑在樹上，使他追不上來纔肯歇手。正如將「肉麻當作有趣」一般，以不情為倫紀，誣衊了古人，教壞了後人。老萊子即是一例，道學先生以為他白璧無瑕時，他卻已在孩子的心中死掉了。

至于玩着「搖咕咚」的郭巨的兒子，却實在值得同情。他被抱在他母親的臂膊[redacted]上，高高興興的笑着；他的父親却正在地上掘窟窿，要將他埋掉了。說明云，「漢郭巨家貧，有子三歲，母嘗減食與之。巨謂妻曰，貧乏不能供母，子又分母之食。盍埋此子？」但是劉向孝子傳所說，却又有些不同：巨家是富的，他都給了兩弟；孩子是纔生的，並沒有到三歲。結末又大略[redacted]相像了，「及掘坑二尺，得黃金一釜，上云：天賜郭巨，官不得取，民不得奪！」

我最初實在替這孩子揑一把汗，待[redacted]到掘出黃金一釜，這纔覺得輕鬆。然而我已經[redacted]不但自己[redacted]不敢再想做孝子，並且怕我父親去做孝子了。家景正在壞下去，常聽到父母愁柴米；祖母又老了，倘使我的父親竟[redacted]學了郭巨[redacted]，那麼，該埋的不正是我麼？如果一絲不走樣，[redacted]也掘出一釜黃金來，那自[redacted]然是如天之福，但是[redacted]，那時我雖然年紀小，似乎也明白天下未[redacted]必有這樣的巧事。

現在想起來，實在很覺得傻氣。這是因為已經知道了這些老玩意，本來誰也不實行。整飭倫紀的文電是常有的，卻很少見紳士赤條條地躺在冰上面，將軍跳下汽車去負米。何況現在早長大了，看過幾部古書，買過幾本新書，什麼太平御覽咧，古孝子傳~~是要孝，只要能說是本行，士大夫作僞亦體說，子不語怪力亂神~~咧，人口問題咧，節制生育咧，二十世紀~~些而神道設教，也不取人之廢的可以抵~~是兒童的世界咧，可以抵抗被埋的理由多得很。不過彼一時，此一時，彼時我委實有點害怕：掘好深坑，不見黃金，連「搖咕咚」一同埋下去，蓋上土，踏得實實的，又有什麼法子可想呢。我想，事情雖然未必實現，但我從此總怕聽到我的父母愁窮，怕看見我的白髮的祖母，總覺得她是和我不兩立，至少，也是一個于我的生命有些妨礙的人。後來這印象日見其淡了，但總有一些留遺，一直到她去世——這大概是送給二十四孝圖的儒者所萬料不到的罷。

（五月十日。）

五猖會

一

約八十行

空四格

空七格

五猖會

——舊事重提之四——

魯迅

孩子們所盼望的，過年過節之外，大概要數迎神賽會的時候了。但我家的所在很偏僻，待到賽會的行列經過時，一定已在下午，儀仗之類，也減而又減，所剩的極其寥寥。往往伸着頸子等候多時，卻只見十幾個人抬着一個金臉或藍臉紅臉的神像匆匆地跑過去。於是，完了。

33

文華閣製

我常存著這樣的一個希望：這一次所見的賽會，比前一次繁盛些。可是結果總是一個「差不多」；也總是只留下一個紀念品，就是當神像還未擡過之前，化一文錢買下的，用一點爛泥，一點顏色紙，一枝竹籤和兩三枝雞毛所做的，吹起來會發出一種刺耳的聲音的哨子，叫作「吹都都」，吡吡地吹牠兩三天。

現在看看陶菴夢憶，覺得那時的賽會，真是豪奢極了，雖然明人的文章，怕難免有些誇大。

6

因為禱雨而迎龍王，現在也還有的，但辦法却已經很簡單，不過是十多人盤旋着一條龍，以及村童們扮些海鬼。那時却還要扮故事，而且實在奇拔得可觀。他記扮水滸傳中人物云：「……于是分頭四出，尋黑矮漢，尋梢長大漢，尋頭陀，尋胖大和尚，尋茁壯婦人，尋姣長婦人，尋青面，尋歪頭，尋赤鬚，尋美髯，尋黑大漢，尋赤臉長鬚。大索城中；無，則之郭，之村，之山僻，之鄰府州縣。用重價聘之，得三十六人，梁山泊好漢，個個可活，臻臻至至，人馬稱娖而行……」這樣的白描的活古，誰能不動一看的雅興呢？可惜這種盛舉，早已和明社一同消滅了。

賽會雖然不像現在上海的旗袍，北京的談國事，為當局所禁止，然而婦孺們是不許看的，讀書人即所謂士子，也大抵不肯趕去看。只有游手好閒的閒人，這纔跑到廟前或衙門前去看熱鬧；我關于賽會的知識，多半是從他們的敘述上得來的，並非考據家所貴重的「眼學」。然而記得有一回，也親見過較盛的賽會。開首是一個孩子騎馬先來，稱為「塘報」；過了許久，「高照」到了，長竹竿揭起一條很長的旗，一個汗流夾背的胖大漢用兩手托着；他高興的時候，就肯將竿頭放在頭頂或牙齒上，甚而至于鼻尖。其次是所謂「高蹺」，「擡閣」，「馬頭」了；還有扮犯人的，紅衣枷鎖，也有孩子。我那時覺得這些都是有光榮的事業，與聞其事的即全是大有運氣的人，——大概羨慕他們的出風頭罷。我想，我為什麼不生一場重病，使我的母親也好到廟裏去許下一個「捉犯人」的心願的呢？……然而我到[redacted]現在終于沒有和賽會[redacted]發生關係過。

要到東關看五猖會去了。這是我兒時[redacted]所[redacted]罕逢的一件盛事。[redacted]因為那會是全縣中最盛的會，東關又是離我家很遠的[redacted]地方，[redacted]出城還有六十多里水路。[redacted]在那裏有兩座特別的廟。一是梅姑廟，就是聊齋志異所記，室女守節，死後成神，却篡取別人的丈夫的；現在神座上確塑着一對少年男女，眉開眼笑，殊

35

與「禮教」有妨。其一便是五猖廟了，名目就奇特。據有考據癖的人說：這就是五通神。然而也並無確據。神像是五個男人，也不見有什麼猖獗之狀；後面列坐着五位太太，卻並不「分坐」，遠不及北京戲園裏界限之謹嚴。其實呢，這也是殊與「禮教」有妨的，——但他們既然是五猖，便也無法可想，而且自然也就「又作別論」了。

因為東關離城遠，大清早大家就起來。昨

夜預定好的三道明瓦窗的大船，已經泊在河埠頭，船椅，飯菜，茶炊，點心合子，都在陸續搬下去了。我笑着跳着，催他們要搬得快。忽然，工人的臉色很謹肅了，我知道有些蹊蹺，四面一看，父親就站在我的背後。

「去拿你的書來。」他慢慢地說。

這所謂「書」，是指我開蒙時候所讀的鑑略，因為我再沒有第二本了。我們那里上學的歲數是多揀單數的，所以這使我記住我其時是七歲。

5

我忐忑着，拿了書來了。他使我同坐在堂中央的桌子前，教我一句一句地讀下去。我擔着心，一句一句地讀下去。兩句一行，大約讀了二三十行罷，他說：——

「給我讀熟。背不出，就不准去看會。」

他說完，便站起來，走進房裏去了。

我似乎從頭上澆了一盆冷水。但是，有什麼法子呢？自然是讀着，讀着，強記着，——而且要背出來。

粵自盤古，

生于太荒，

前出御世，肇開混茫。

就是這樣的書，我現在只記得前四句，別的都忘卻了；那時所讀記的二三十行，自然也一齊忘卻在裏面了。記得那時聽人說，讀《鑑略》比讀《千字文》、《百家姓》有用得多，因為可以知道從古到今的大概。知道從古到今的大概，那當然是很好的，然而我一字也不懂。「粵自盤古」就是「粵自盤古」，讀下去，記住他，「粵自盤古」呵！「生于太荒」呵！……

57

應用的物件已經搬完，家中由忙亂轉成靜
肅了。朝陽照着西牆，天氣很清朗。母親，工
人，長媽媽即阿長，都無法營救，只默默地靜
候着我讀熟，而且背出來。在百靜中，我似乎頭裏要
伸出許多鐵鉗，將什麼「生于太荒」之流夾住
；也聽到自己急急誦讀的聲音發着抖，彷彿深秋的蟋
蟀，在夜中鳴叫似的。

他们都等候着；太陽也更高了。

我忽然似乎已經很有把握，便即站了起來，拿書走

進父親的書房，一氣背下去，夢似的就背完了。

「不錯。去罷。」父親點着頭，說。

大家同時活動起來，臉上都露出笑容，向河埠走去。工人將我高高地抱起，彷彿在祝賀我的成功一般，快步走在最前頭。

我却並沒有他們那麼高興。開船以後，水路中的風景，合子裏的點心，以及到了東關的五猖會的熱鬧，對於我似乎都沒有什麼大意思。

直到現在，別的完全忘却，不留一點痕跡了，只有背誦《鑑略》這一段，却還分明如昨日事。

我至今一想起，還詫異我的父親何以要在那時候叫我來背書。

（五月二十五日。）

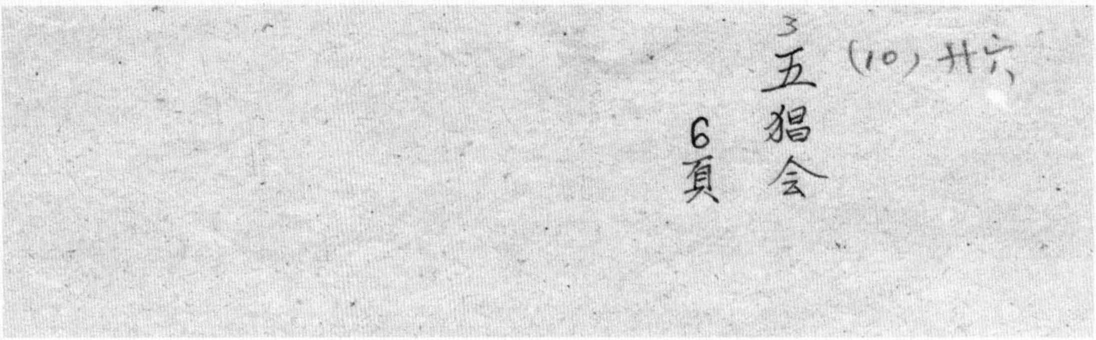
（10）廿六
3
五猖会
6
頁

無常

無常

——舊事重提之五——

魯迅

迎神賽會這一天出巡的神，如果是掌握生殺之權的，——不，這生殺之權四個字不大妥，凡是神，在中國仿佛都有些隨意殺人的權柄似的，倒不如說是職掌人民的生死大事的罷，就如城隍和東嶽大帝之類。那麼，他的鹵簿中間就有一羣特別的腳色：鬼卒，鬼王，還有活無常。

這些鬼物們，大概都是由粗人和鄉下人扮演的。鬼卒和鬼王是紅紅綠綠的衣裳，赤着腳；藍臉，上面又畫些魚鱗，也許是龍鱗或別的什麼鱗罷，我不大清楚。鬼卒拿着鋼叉，叉環振得琅琅地響；鬼王拿的是小小的一塊虎頭牌。據傳說，鬼王是只用一隻腳走路的；但他究竟是鄉

約一百二十四行

下人，雖然臉上也畫上些魚鱗或者別的什麼鱗，却仍然用了兩隻腳走路。所以看客對于他們不很敬畏，也不大留心，除了念佛老嫗和她的孫子們為面面圓到起見，也照例給他們一個「不勝屏營待命之至」的儀節。

至于我們——我相信：我和許多人——所最願意看的，却在活無常。他不但活潑而詼諧，單是那渾身雪白這一點，在紅紅綠綠中就有「鶴立雞羣」之概。只要望見一頂白紙的高帽子和他手裏的破芭蕉扇的影子，大家就都有些緊張，而且高興起來了。

人民之于鬼物，唯獨與他最為稔熟，也最為親密，平時也常常可以遇見他。譬如城隍廟或東嶽廟中，大殿後面就有一間暗室，叫作「陰司間」，在纔可辨色的昏暗中，塑着各種鬼：吊死鬼，跌死鬼，虎傷鬼，科場鬼，……而一進門口所看見的長而白的東西就是他。我雖然也曾瞻仰過一回這「陰司間」，但那時膽子小，沒有看明白。聽說他一手還拿着

11

鐵索，因為他是勾攝生魂的使者。相傳樊江東嶽廟的「陰司間」的構造，本來是極其特別的：門口是一塊活板，人一進門，踏着活板的這一端，塑在那一端的他便撲過來，鐵索正套在你頸子上。後來嚇死了一個人，釘實了，所以在我幼小的時候，這就已不能動。

倘使要看個分明，那麼，《玉歷鈔傳》上就畫着他的像。不過《玉歷鈔傳》也有繁簡不同的本子的，倘是繁本，就一定有。身上穿的是斬衰凶服，腰間束的是草繩，腳穿草鞋，項掛紙錠；手上是破芭蕉扇，鐵索，算盤；肩膀是聳起的，頭髮卻披下來；眉眼的外梢都向下，像一個「八」字。頭上一頂長方帽，下大頂小，按比例一算，該有二尺來高罷；在正面，就是遺老遺少們所戴瓜皮帽的綴一粒珠子或一塊寶石的地方，直寫着四個字道：「一見有喜」。有一種本子上，卻寫的是「你也來了」。這四個字，是有時也見於包公殿的扁額上的，至於他的帽上是何人所寫，他自己還是閻羅王，我可還沒有研究出。

玉歷鈔傳上還有一種和活無常相對的鬼物，裝束也相仿，叫作「死有分」。這在迎神時候也有的，但名稱卻訛作死無常了，黑臉黑衣，誰也不愛看。在「陰司間」裏也有的，胸口靠着牆壁，陰森森地站着；這纔真真是「碰壁」。凡有進去燒香的人們，必須摩一摩他的脊梁，據說可以擺脫晦氣；我小時也曾摩過這脊梁來，然而晦氣似乎終於沒有脫，——也許那時不摩，現在的晦氣還要重罷，這一節也還是沒有研究出。

我也沒有研究過小乘佛教的經典，但據耳食之談，則在印度的佛經裏，焰摩天是有的，牛首阿旁也有的，都在地獄裏做主任。至於勾攝生魂的使者的這無常先生，卻似乎于古無徵，耳所習聞的只有什麼「人生無常」之類的話。大概這意思傳到中國之後，人們便將他具象化了。這實在是我們中國人的創作。

然而人們一見他，為什麼就都有些緊張，而且高興起來呢？

凡有一處地方，如果出了文士學者或名流，他將筆頭一扭，就很容易變成「模範縣」。我的故鄉，在漢末雖曾經虞仲翔先生揄揚過，但是那究竟太早了，後來到底免不了產生所謂「紹興師爺」，不過也並非男女老小全是「紹興師爺」，別的「下等人」也不少。這些「下等人」，要他們發什麼「我們現在走的是一條狹窄險阻的小路，左面是一個廣漠無際的泥潭，右面也是一片廣漠無際的浮砂，前面是遙遙茫茫蔭在薄霧的裏面的目的地」那樣熱昏似的妙語，是辦不到的，可是在無意中，看得往這「蔭在薄霧的裏面的目的地」的道路很明白：求婚，結婚，養孩子，死亡。但這自然是專就我的故鄉而言，若是「模範縣」裏的人民，那當然又作別論。他們——敝同鄉「下等人」——的許多，活着，苦着，被流言，被反噬，因了積久的經驗，知道陽間維持「公理」的只有一個會，而且這會的本身就是「遙遙茫茫」，于是乎勢不得不發生對于陰間的神往。人是大抵自以為銜些冤抑的」活的「正人君子」們只能騙鳥，若問愚民，他就可以不假思索地回答你：公正的裁判是在陰間！

想到生的樂趣，生固然可以留戀；但想到生的苦趣，無常也不一定是惡客。無論貴賤，無論貧富，其時都是「一雙空手見閻王」，有冤的得伸，有罪的就得罰。然而雖說是「下等人」，也何嘗沒有反省？自己做了一世人，又怎麼樣呢？未曾「跳到半天空」麼？沒有「放冷箭」麼？無常的手裏就拿着大算盤，你擺盡臭架子也無益。對付別人要滴水不漏的公理，對自己總還不如雖在陰司裏也還能夠尋到一點私情。然而那又究竟是陰間，閻羅天子，牛首阿旁，還有中國人自己想出來的馬面，都是並不兼差，真正主持公理的腳色，雖然他們並沒有在報上發表過什麼大文章。當還未做鬼之前，有時先不欺心的人們，遙想着將來，就又不得不想在整塊的公理中，來尋一點情面的末屑，這時候，我們的活無常先生便覺得很可歡喜了，利中取大，害中取小，我們的古哲墨翟先生謂之「小取」云。

在廟裏泥塑的，在書上墨印的模樣上，是看不出他那可愛來的。最好是去看戲。但看普通的戲也不行，必須看「大戲」或者「目連戲」。

目連戲的熱鬧，張岱在陶菴夢憶上也曾誇張過，說是要連演兩三天。在我幼小時候可已經不然了，也如大戲一樣，始于黃昏，到次日的天明便完結。這都是敬神禳災的演劇，全本裏一定有一個惡人，次日的將近天明便是這惡人的收場的時候，「惡貫滿盈」，閻王出票來勾攝了，于是乎這活的活無常便在戲臺上出現。

我還記得自己坐在這一種戲臺下的船上的情形，看客的心情和普通是兩樣的。平常愈夜深愈懶散，這時卻愈起勁。他所戴的紙糊的高帽子，本來是掛在臺角上的，這時預先拿進去了；一種特別的樂器，也准備使动的吹。這樂器好像喇叭，細而長，可有七八尺，大約是鬼物所愛聽的罷，和鬼無關的時候就不用；吹起來，nHatu，nHatu，nHatututuu地響，所以我們叫牠「目連嗐頭」。

在許多人期待着惡人的沒落的凝望中，他出來了，服飾比畫上還簡單，不拿鐵索，也不帶算盤，就是雪白的一條莽漢，粉面朱唇，眉黑如漆，蹙着，不知道是在笑還是在哭，但他一出臺就須打一百零八個嚏，同時也放一百零八個屁，這纔自述他的履歷。可惜我記不清楚了，其中有一段大概是這樣——

「……

大王出了牌票，叫我去拿隔壁的癩子。

問了起來呢，原來是我堂房的阿姪。

生的是什麼病？傷寒，還帶痢疾。

看的是什麼郎中？下方橋的陳念義la兒子。

問的是怎樣的藥方？：附子，肉桂，外加牛膝。

第一殿下去，冷汗發出；

第二殿下去，兩腳筆直。

我道阿嫂哭得悲傷，暫放他還陽半刻。

大王道我是得錢買放，就將我捆打四十！」

這敘述裏的「子」字都讀作入聲。陳念義是越中的名醫，俞仲華曾將他寫入《蕩寇志》裏，擬爲神仙；可是一到他的令郎，似乎便不大高明了。「令」者，「的」也；「兒」讀若「倪」，倒是古音罷；「nga」者，「我的」或「我們的」之意也。

他口裏的閻羅天子彷彿也不大高明，竟會誤解他的人格，——不，鬼格。但連「還陽半刻」都知道，究竟還不失其「聰明正直之謂神」。不過這懲罰，却給了我們的活無常以不可磨滅的冤苦的印象，一提起，就使他更加蹙緊雙眉，捏定破芭蕉扇，臉向着地，鴨子浮水似的跳舞起来。

nhatu, nhatu, nhatu-nhatu-nhatututuu！目連嗐頭也竟若不堪似的吹着。

他因此決定了——

「難是弗放者箇！

那怕你，銅牆鐵壁！

那怕你，皇親國戚！

…………」

「難」者，「今」也；「者箇」者，「的了」之意，詞之決也。

「雖有忮心，不怨飄瓦，」他現在毫不留情了，然而這是受了閻羅老子的督責之故，不得已也。一切鬼衆中，就是他有点人情；我们不变鬼則已，如果要变鬼，自然就只有他可以比較的相親近。

我至今還確鑿記得，在故鄉時候，和「下等人」一同，常常這樣高興地正視過這鬼而人，理而情，可怖而可愛的無常；而且欣賞他臉上的哭或笑，口頭的硬語與諧談……。

迎神時候的無常，可和演劇上的又有些不同了。他只有動作，沒有言語，跟定了一個捧着一盤飯菜的小丑似的腳色走。他要去吃；他卻不給他。另外還加了兩名腳色，就是「正人君子」之所謂「老婆兒女」。凡「下等人」，都有一種通病：常喜歡以己之所欲，施之於人。雖是對于鬼，也不肯給他寂寞，凡有鬼神，大概總要給他們一對一對地配起來。無常也不在例外。所以，一個是漂亮的女人，只是很有些村婦樣，大家都稱她無常嫂；這樣看來，無常是和我們平輩的，無怪他不擺教授先生的架子。一個是小孩子，小高帽，小白衣；雖然小，兩肩卻已經聳起了，眉目的外梢也向下。這分明是無常少爺了，大家卻叫他「阿領」，對于他似乎都不很表敬意；猜起來，仿佛是無常嫂的前夫之子似的。但不知何以相貌又和無常有這麼像？吁！鬼神之事，難言之矣，只得姑且置之弗論。至于無常何以沒有親兒女，到今年可很容易解釋了：鬼神能前知，他怕兒女一多，愛說閒話的就要旁敲側擊地鍛成他拿盧布，所以不但研究，還早已實行了「節育」了。

這捧着飯菜的一幕，就是「送無常」。因為他是勾魂使者，所以民間凡有一個人死掉之後，就得用酒飯恭送他。至于不給他嘴，那是賽會時候的開玩笑，實際上並不然。但是，和無常開玩笑，是大家都有此意的，因為他爽直，有人情，愛發議論，——要尋真實的朋友，倒還是他妥當。

有人說，他是生人走陰，就是原是人，夢中卻入冥去當差的，所以很有些人情。我還記得住在離我家不遠的小屋子裏的一個男人，便自稱是「走無常」，门外常常燃着香燭。但我看他臉上的鬼氣反而多。莫非入冥做了鬼，倒會增加人氣的麼？吁！鬼神之事，難言之矣，這也只得姑且置之弗論了。

（六月二十三日。）

6

（10）廿六 無常 6頁

從百草園到三味書屋

1

從百草園到三味書屋

——舊事重提之六——

魯迅

我家的後面有一個很大的園，相傳叫作百草園。現在是早已併屋子一起賣給朱文公的子孫了，連那最末次的相見也已經隔了七八年，其中似乎確鑿只有一些野草；但那時卻是我的樂園。

不必說碧綠的菜畦，光滑的石井欄，高大的皂莢樹，紫紅的桑椹；也不必說鳴蟬在樹葉裏長吟，肥胖的黃蜂伏在菜花上，輕捷的叫天子（雲雀）忽然從草間直竄向雲霄裏去了。單是周圍的短短的泥牆根一帶，就有無限趣味。油蛉在這里低唱，蟋蟀們在這里彈琴。翻開斷磚來，有時會遇見蜈蚣，還有斑蝥，倘若用手指按住牠的脊梁，便會拍的一声，從後竅噴出一陣煙霧。何首烏藤和木蓮藤纏絡着，木蓮有蓮房一般的果實，何首烏有擁腫的根。有人說，何首烏根是有像人形的，吃了便可以成仙，我於是常常拔牠起來，牽連不斷地拔起來，也曾因此弄壞了泥牆，卻從來沒有見過有一塊根像人樣。如果不怕刺，還可以摘到覆盆子，像小珊瑚珠攢成的小球，又酸又甜，色味都比桑椹要好得遠。

長的草裏是不去的，因為相傳這園裏有一條很大的赤練蛇。

長媽媽曾經講給我一個故事聽：先前，有一個讀書人住在古廟裏用功，晚間，在院子裏納涼的時候，突然聽到有人在叫他。答應着，四面看時，卻見一個美女的臉露在牆頭上，向他一笑，隱去了。他很高興；但竟給那走來夜談的老和尚識破了機關。說他臉上有些妖氣，一定遇見「美女蛇」了；這是人首蛇身的怪物，能喚人名，倘一答應，夜間便要來吃這人的肉的。他自然嚇得要死，而那老和尚卻道無妨，給他一個小盒子，說只要放在枕邊，便可高枕而臥。他雖然照樣辦，却總是睡不着，——當然睡不着的。到半夜，果然來了，沙沙沙！門外像是風雨聲。他正抖作一團時，却聽得豁的一聲，一道金光從枕邊飛出，外面便什麼聲音也沒有了，那金光也就飛回來，斂在盒子裏。後來呢？後來，老和尚說，這是飛蜈蚣，牠能吸蛇的腦髓，美女蛇就被牠治死了。

結末的教訓是：所以倘有陌生的聲音叫你的名字，你萬不可答應他。

這故事很使我覺得做人之險，夏夜乘涼，往往有些擔心，不敢去看牆上，而且極想得到一盒老和尚那樣的飛蜈蚣。走到百草園的草叢旁邊時，也常常這樣想。但直到現在，總還是沒有得到，但也沒有遇見過赤練蛇和美女蛇。叫我名字的陌生聲音自然是常有的，然而都不是美女蛇。

冬天的百草园比较的无味；雪一下，可就两样了。拍雪人（将自己的全形印在雪上）和塑雪罗汉需要人们鉴赏，这是荒园，人迹罕至，所以不相宜，只好来捕鸟。薄薄的雪，是不行的；总须积雪盖了地面一两天，鸟雀们久已无处觅食的时候才好。扫开一块雪，露出地面，用一枝短棒支起一面大的竹筛来，下面撒些秕谷，棒上系一条长绳，人远远地牵着，看鸟雀下来啄食，走到竹筛底下的时候，将绳子一拉，便罩住了。但所得的是麻雀居多，也有白颊的「张飞鸟」，性子很躁，养不过夜的。

这是闰土的父亲所传授的方法，我却不大能用。明明见它们进去了，拉了绳，跑去一看，却什么都没有，费了半天力，捉住的不过三四只。闰土的父亲是小半天便能捕获几十只，装在叉袋里叫着撞着的。我曾经问他得失的缘由，他只静静地笑道：你太性急，来不及等它走到中间去。

我不知道为什么家里的人要将我送进书塾里去了，而且还是全城中稱為最嚴厲的書塾。也許是因為拔何首烏毀了泥牆罷，也許是因為將磚頭抛到間壁的梁家去了罷，也許是因為站在石井欄上跳了下來罷，……都無從知道。總而言之：我將不能常到百草園了。Ade，我的蟋蟀們！Ade，我的覆盆子們和木蓮們！……

出門向東，不上半里，走過一道石橋，便是我的先生的家了。從一扇黑油的竹門進去，第三間是書房。中間掛着一塊扁道：三味書屋；扁下面是一幅畫，畫着一隻很肥大的梅花鹿伏在古樹下。沒有孔子牌位，我們便對着那扁和鹿行禮。第一次算是拜孔子，第二次算是拜先生。

第二次行禮時，先生便和藹地在一旁答禮。他是一個高而瘦的老人，鬚髮都花白了，還戴着大眼鏡。我對他很恭敬，因為我早聽到，他是本城中極方正，質樸，博學的人。

不知從那里聽來的，東方朔也很淵博，他認識一種蟲，名曰「怪哉」，冤氣所化，用酒一澆，就消釋了。我很想詳細地知道這故事，但阿長是不知道的，因為她畢竟不淵博。現在得到機會了，可以問先生。

「先生，怪哉這蟲，是怎麼一回事？……」我上了生書，將要退下來的時候，趕忙問。

「不知道！」他似乎很不高興，臉上還有怒色了。

我纔知道做學生是不應該問這些事的，只要讀書，因為他是淵博的宿儒，決不至于不知道，所謂不知道者，乃是不願意。年紀比我大的人，往往如此，我遇見過好幾回了。

我就只讀書，正午習字，晚上對課。先生最初這幾天對我很嚴厲，後來卻好起來了，不過給我讀的書漸漸加多，對課也漸漸地加上字去，從三言到五言，終于到七言。

三味書屋後面也有一個園，雖然小，但在那里也可以爬上花壇去折蠟梅花，在地上或桂花樹上尋蟬蛻。最好的工作是捉了蒼蠅喂螞蟻，靜悄悄地沒有聲音。然而同窗們到園裏的太多，太久，可就不行了，先生在書房裏便大叫起來——

「人都到那里去了！」

人們便一個一個陸續走回去；一同回去，也不行的。他有一條戒尺，但是不常用，也有罰跪的規則，但也不常用，普通總不過瞪幾眼，大聲道——

「讀書！」

于是大家放開喉嚨讀一陣書，真是人聲鼎沸。有念「仁遠乎哉我欲仁斯仁至矣」的，有念「笑人齒缺曰狗竇大開」的，有念「上九潛龍勿用」的，有念「厥土下上上

先生

便

錯厥貢苞茅橘柚」的……。先生自己也念書。後來，我们的聲音低下去，靜下去了，只有他還大聲朗讀着——

「鐵如意，指揮倜儻，一座皆驚呢；金叵羅，顛倒淋漓噫，千杯未醉嗬……。」

我疑心這是極好的文章，因為讀到這里，他總是微笑起來，而且將頭仰起，搖着，向後面拗過去，拗過去。

先生讀書入神的時候，于我们是很相宜的。有幾個便用紙糊的盔甲套在指頭上做戲。我是畫畫兒，用一種叫作「荊川紙」的，蒙在小說的繡像上一個個描下來，像習字時候的影寫一樣。讀的書多起來，畫的畫也多起來；書沒有讀成，畫的成績卻不少，最成片段的是蕩寇志和西遊記的繡像，都有一大本。後來，因為要錢用，賣給一個有錢的同窗了。他的父親是開錫箔店的；聽說現在自己已經做了店主，而且快要升到紳士的地位了，這東西早已沒有了罷。

（九月十八日。）

父親的病

1 2

父親的病

——舊事重提之七——

魯迅

空一格

大約十多年前罷，S城中曾經盛傳過一個名醫的故事——

他出診原來是一元四角，特拔十元，深夜加倍，出城又加倍。有一夜，一家城外人家的閨女生急病，來請他了，因為他其時已經闊得不耐煩，便非一百元不去。他們只得都依他。待去時，卻只是草草一看，說道「不要緊的」，開一張方，拿了一百元就走。那病家似乎很有錢，第二天又來請了。他一到門，只見主人笑面承迎，道，「昨夜服了先生的藥，好得多了，所以再請你來復診一回。」仍舊引到房裏，老媽子便將病人的手拉出帳外來。他一按，冷冰冰的，也沒有脈，于是點頭道，「唔，這病我明白了。」從從容容走到桌前，取了藥方紙，提筆寫道——

「憑票付英洋壹佰元正。」下面是署名，畫押。

「先生，這病看來很不輕了，藥怕還得重一點罷。」主人在背後說。

「可以，」他說。于是另開了一張方——

「憑票付英洋貳佰元正。」下面仍是署名，畫押。

這樣，主人就收了藥方，很客氣地送他出來了。

我曾經和這名醫周旋過兩整年，因為他隔日一回，來診我的父親的病。那時雖然已經很有名，但還不至于闊得這樣不耐煩；可是診金卻已經是一元四角。現在的都市上，診金一次十元並不算奇，可是那時是一元四角已是巨款，很不容易張羅的了；又何況是隔日一次。他大概的確有些特別，據輿論說，用藥就與衆不同。我不知道藥品，所覺得的，就是「藥引」的難得，新方一換，就得忙一大場。先買藥，再尋藥引。「生薑」兩片，竹葉十片，去尖，他是不用的了。起碼是蘆根，須到河邊去掘；一到經霜三年的甘蔗，便至少也得搜尋兩三天。可是說也奇怪，大約後來總沒有購求不到的。

據輿論說，神妙就在這地方。先前有一個病人，百藥無效；待到遇見了什麼葉天士先生，只在舊方上加了一味藥引：梧桐葉。只一服，便霍然而愈了。「醫者，意也。」其時是秋天，而梧桐先知秋氣，其先百藥不投，今以秋氣動之，以氣感氣，所以……。我雖然並不了然，但也十分佩服，知道凡有靈藥，一定是很不容易得到的，求仙的人，甚至於還要拼了性命，跑進深山裏去採呢。

這樣有兩年，漸漸地熟識，幾乎是朋友了。父親的水腫是逐日利害，將要不能起牀；我對于經霜三年的甘蔗之流也逐漸失了信仰，採辦藥引似乎再沒有先前一般踴躍了。正在這時候，他有一天來診，問過病狀，便極其誠懇地說：

「我所有的學問，都用盡了。這里還有一位陳蓮河先生，本領比我高。我薦他來看一看，我可以寫一封信。可是，病是不要緊的，不過經他的手，可以格外好得快……。」

這一天似乎大家都有些不歡，仍然由我恭敬地送他上轎。進來時，看見父親的臉色很異樣，和大家談論，大意是說自己的病大概沒有希望的了；他因為看了兩年，毫無效驗，臉又太熟了，未免有些難以為情，所以等到危急時候，便薦一個生手自代，和自己完全脫了干係。但另外有什麼法子呢。本城的名醫，除他之外，只有一個陳蓮河了。明天就請陳蓮河。

陳蓮河的診金也是一元四角。但前回的名醫的臉是圓而胖的，他卻長而胖了：這一點頗不同。還有用藥也不同，前回的名醫是一個人還可以辦的，這一回卻是一個人有些辦不妥帖了，因為他一張藥方上，總兼有一種特別的丸散和一種奇特的藥引。

蘆根和經霜三年的甘蔗，他就從來沒有用過。最平常的是「蟋蟀一對」，旁注小字道：「要原配，即本在一窠中者。」似乎昆蟲也要貞節，續絃或再醮，連做藥的資格也喪失了。但這差使在我並不為難，走進百草園，十對也容易得，將牠們用線一縛，活活地擲入沸湯中完事。然而還有「平地木十株」呢，這可誰也不知道是什麼東西了，問藥店，問鄉下人，問賣草藥的，問老年人，問讀書人，問木匠，都只是搖搖頭。臨末才記起了那遠房的叔祖，愛種一點花木的老人，跑去一問，他果然知道，是生在山中樹下的一種小樹，能結紅子如小珊瑚珠的，普通都稱為「老弗大」。

「踏破鐵鞋無覓處，得來全不費工夫。」藥引尋到了，然而還有一種特別的丸藥：敗鼓皮丸。這「敗鼓皮丸」就是用打破的舊鼓皮做成；水腫一名鼓脹，一用打破的鼓皮自然就可以剋伏他。清朝的剛毅因為憎恨「洋鬼子」，預備打他們，練了些兵稱作「虎神營」，取虎能食羊，神能伏鬼的意思，也就是這道理。可惜這一種神藥，全城中只有一家出售的，離我家就有五里，但這卻不像平地木那樣，必須暗中摸索了，陳蓮河先生開方之後，就懇切詳細地給我們說明。

「我有一種丹，」有一回，陳蓮河先生說，「點在舌上，我想一定可以見效。因為舌乃心之靈苗……。價錢也並不貴，只要兩塊錢一盒……。」

我的父親沈思了一會，搖搖頭。

「我這樣地用藥還會不大見效，」有一回，陳蓮河先生又說，「我想，可以請人看一看，可有什麼冤愆……。醫能醫病，不能醫命，對么？自然，這也許是前世的事……。」

我的父親沈思了一會，搖搖頭。

凡國手，都能夠起死回生的，我們走過醫生的門前，常可以看見這樣的扁額。現在是讓步一點了，連醫生自己也說道：「西醫長於外科，中醫長於內科。」但是S城那時不但沒有西醫，並且誰也還沒有想到天下有所謂西醫，因此無論什麼，都只能由軒轅岐伯的嫡派門徒包辦。軒轅時候是巫醫不分的，所以直到現在，他的門徒就還見鬼，而且覺得「舌乃心之靈苗」。這就是中國人的「命」，連名醫也無從醫治的。

不肯用靈丹點在舌頭上，又想不出「冤愆」來，自然，單吃了一百多天的「敗鼓皮丸」有什麼用呢？依然打不破水腫，父親終於躺在床上喘氣了。還請一回陳蓮河先生，這回是特拔，大洋十元。他仍舊泰然的開了一張方，但已停止敗鼓皮丸不用，藥引也不很神妙了，所以只消半天，藥就煎好，灌下去，卻從口角上回了出來。

從此我便不再和陳蓮河先生周旋，只在街上有時看見他坐在三名轎夫的快轎裏飛一般擡過；聽說他現在還康健，一面行醫，一面還做中醫什麼學報，正在和只長於外科的西醫奮鬭哩。

中西的思想確乎有一點不同。聽說中國的孝子們，一到將要「罪孽深重禍延父母」的時候，就買幾斤人參，煎湯灌下去，希望父母多喘幾天氣，即使半天也好。我的一位教醫學的先生卻教給我醫生的職務道：可醫的應該給他醫治，不可醫的應該給他死得沒有痛苦。——但這先生自然是西醫。

父親的喘氣頗長久，連我也聽得很吃力，然而誰也不能幫助他。我有時竟至于電光一閃似的想道：「還是快一點喘完了罷……。」立刻覺得這思想就不該，就是犯了罪；但同時又覺得這思想實在是正當的，我很愛我的父親。便是現在，也還是這樣想。

早晨，住在一门裏的衍太太進来了。她是一個精通禮節的婦人，說我们不應該空等着。于是給他換衣服；又將紙錠和一種什麼高王經燒成灰，用紙包了給他捏在拳頭裏……。

「叫呀，你父親要斷氣了。快叫呀！」衍太太說。

「父親！父親！」我就叫起来。

「大聲！他聽不見。還不快叫？！」

「父親!!!父親!!!」

他已經平靜下去的臉，忽然緊張了，將眼微微一睁，彷彿有一些苦痛。

「叫呀！快叫呀！」她催促說。

「父親!!!」

「什麼呢？……不要嚷。……不……。」他低低地說，又較急地喘着氣，好一會，這纔復了原狀，平靜下去了。

我現在還聽到那時的自己的這聲音，每聽到時，就覺得這卻是我對於父親的最大的錯處。

「父親!!!」我還叫他，一直到他咽了氣。

（十月七日。）

瑣記

瑣記

——舊事重提之八——

魯迅

衍太太現在是早經做了祖母，也許竟做了曾祖母了；那時卻還年青，只有一個兒子比我大三四歲。她對自己的兒子雖然狠，對別家的孩子卻好的，無論鬧出什麼亂子來，也決不去告訴各人的父母，因此我們就最願意在她家裏或她家的四近玩。

舉一個例說罷，冬天，水缸裏結了薄冰的時候，我們大清早起一看見，便喫冰。有一回給沈四太太看到了，大聲說道：「莫喫呀，要肚子疼的呢！」這聲音又給我母親聽到了，跑出來我們都挨了一頓罵，並且有大半天不準玩。我們推論禍首，認定是沈四太太，于是提起她就不用尊稱了，給她另外起了一個綽號，叫作「肚子疼」。

衍太太却決不如此。假如她看見我們喫冰，一定和藹地笑着說，「好，再喫一塊。我記着，看誰喫的多」。

但我對于她也有不滿足的地方。一回是很早的時候了，我還很小，偶然走進她家去，她正在和她的男人看書。我走近去，她便將書塞在我的眼前道，「你看，你知道這是什麼？」我看那書上畫着房屋，有兩個人光着身子彷彿在打架，但又不很像。正遲疑間，他們便大笑起來了。這使我很不高興，似乎受了一個極大侮辱，不到那里去大約有十多天。一回是我已經十多歲了，和幾個孩子比賽打旋子，看誰旋得多。她就從旁計着數，說道，「好，八十二個了！再旋一個，八十三！好，八十四！……」但正在旋着的阿祥，忽然跌倒了，阿祥的嬸母也恰恰走進來。他便接着說道，「你看，不是跌了麼？不聽我的話。我叫你不要旋，不要旋……。」

雖然如此，孩子們總還喜歡到她那里去。假如頭上碰得腫了一大塊的時候，去尋母親去罷，好的是罵一通，再給擦一點藥；壞的是沒有藥擦，還添幾個栗鑿和一通罵。衍太太却決不埋怨 立刻給你用燒酒調了水粉，搽在疙瘩上，說這不但止痛，將來還沒有瘢痕。

父親故去之後，我也還常到她家去，不過已不是孩子們玩耍了，却是和衍太太或她的男人談閑天，我其時覺得很有許多東西要買，看的和喫的，只是沒有錢。有一天談到這里，她便說道，「母親的錢，你拿來用就是了，還不就是你的麼？」我說母親沒有錢，她就說可以拿首飾去變賣 我說沒有首飾，她却道，「也許你沒有留心。到大廚的抽屜裏，角角落落去尋去，總可以尋出一點珠子這類東西……。」

這些話我聽去似乎很異樣，便又不到她那里去了，但有時又真想去打開大廚，細細地尋一尋。大約此後不到一月，就聽到一種流言，說我已經偷了家裏的東西去變賣了，這實在使我覺得有如掉在冷水裏。流言的來源，我是明白的，倘是現在，只要有地方發表，我總要罵出流言家的狐狸尾巴來，但那時太年青，一遇流言，便連自己也仿彿覺得真是犯了罪，怕遇見人們的眼睛，怕受到母親的愛撫。

好。那麼，走罷！

但是，那里去呢？S城人的臉早經看熟，如此而已，連心肝也似乎有些了然。總得尋別一類人們去，去尋爲S城人所詬病的人們，無論其爲畜生或魔鬼。那時爲全城所笑罵的是一個開得不久的學校，叫作中西學堂，漢文之外，又教些洋文和算學。然而已經成爲衆矢之的了；熟讀聖賢書的秀才們，還集了四書的句子，做一篇八股來嘲誚牠，這名文便即傳遍了全城，人人當作有趣的話柄。我只記得那「起講」的開頭是——

「徐子以告夷子曰：吾聞用夏變夷者，未聞變于夷者也。今也不然：鴂舌之音，聞其聲，皆雅言也。……」

以後可忘却了，大概也和現今的國粹保存大家的議論差不多。但我對于這中西學堂，却也不滿足，因爲那裏面只教漢文，算學，英文和法文。功課較爲別致的，還有杭州的求是書院，然而學費貴。

無須學費的學校在南京，自然只好往南京去。第一個進去的學校，目下不知道稱爲什麼了，光復以後，似乎有一時稱爲雷電學堂，很像封神榜上太極陣，混元陣一類的名目；總之，一進儀鳳門，便可以看見牠那二十丈高的桅杆和不知多高的煙通。功課也簡單，一星期中，幾乎四整天是英文「It is a cat.」「Is it a rat?」一整天是讀漢文：「君子曰，潁考叔可謂純孝也已矣，愛其母，施及莊公。」一整天是做漢文：「知己知彼百戰百勝論」，「潁考叔論」，「雲從龍風從虎論」，「咬得菜根則百事可做論」。

初進去當然只能做三班生，臥室裏是一桌一櫈一床，床板只有兩塊。頭二班學生就不同了，二桌二櫈或三櫈一床，床板多至三塊。不但上講堂時挾着一堆厚而且大的洋書，氣昂昂地走着，決非只有一本「潑賴媽」和四本左傳的三班生所敢正視；便是空着手，也一定將肘彎撐開，像一隻螃蟹，低一班的在後面總不能走出他之前。這一種螃蟹式的名公巨卿，現在都闊別得很久了，前四五年，竟在教育部的破腳躺椅上，發見了這姿勢，然而這位老爺卻並非雷電學堂出身的，可見螃蟹態度，在中國也頗普遍。

可愛的是桅杆。但並非如「東鄰」的「支那通」所說，因爲牠「挺然翹然」，又是什麼的象徵。乃是因爲牠高，烏鴉喜鵲，都只能停在牠的半途的木盤上。人如果爬到頂，便可以近看獅子山，遠眺莫愁湖，——但究竟是否真可以眺得那麼遠，我現在可委實有點記不清楚了。而且不危險，下面張着網，即使跌下來，也不過如一條小魚落在網子裏；況且自從張網以後，聽說也還沒有人曾經跌下來。

原先還有一個池，給學生學游泳的，這裏面卻淹死了兩個年幼的學生。當我進去時，早填平了，不但填平，上面還造了一所小小的關帝廟。廟旁是一座焚化字紙的磚爐，爐口上方橫寫着四個大字道：「敬惜字紙」。只可惜那兩個淹死鬼失了池子，難討替代，總在左近徘徊，雖然已有「伏魔大帝關聖帝君」鎮壓着。辦學的人大概是好心腸的，所以每年七月十五，總請一羣和尚到雨天操場來放焰口，一個紅鼻而胖的大和尚戴上毘盧帽，捏訣，念咒：「迴資囉，普彌耶吽！唵耶吽！唵！耶！吽!!!」

我的前輩同學被關聖帝君鎮壓了一整年，就只在這時候得到一點好處，——雖然我並不深知是怎樣的好處。所以當這些時，我每每想：做學生總得自己小心些。

總覺得不大合適，可是無法形容出這不合適來。現在是發見了大致相近的字眼了，「烏煙瘴氣」，庶幾乎其可也。只得走開。近來是單是走開也就不容易，「正人君子」者流會說你罵人罵到了聘書，或者是發「名士」脾氣，給你幾句正經的俏皮話；不過那時還不打緊，學生所得的津貼，第一年不過二兩銀子，最初三個月的試習期內是零用五百文。于是毫無問題，去考礦路學堂去了，也許是礦路學堂，已經有些記不眞，文憑又不在手頭，更無從查考。試驗並不難，錄取的。

這回不是 It is a cat 了，是 Der Maun，Die Weib，Das kind。漢文仍舊是「潁考叔可謂純孝也已矣」，但外加小學集註。論文題目也小有不同，譬如「工欲善其事必先利其器論」，是先前沒有做過的。

此外還有所謂格致，地學，金石學，……都非常新鮮。但是還得聲明：後兩項，就是現在之所謂地質學和礦物學，並非講輿地和鐘鼎碑版的。只是畫鐵軌橫斷面圖却有些麻煩，平行線尤其討厭。但第二年的總辦是一個新黨，他坐在馬車上的時候大抵看着時務報，考漢文也自己出題目，和教員出的很不同，有一次道：「華盛頓論」。

看新書的風氣便流行起來，我也知道了中國有一部書叫天演論。星期日跑到城南去買了來，白紙石印的一厚本，價五百文正。翻開一看，是寫得很好的字，開首便道：

「赫胥黎獨處一室之中，背山而面野，懸想當羅馬大將該撒未到時，此間有何景物？計惟有天造草昧……」

哦！原來世界上竟還有一個赫胥黎坐在書房裏那麼想，而且想得那麼新鮮？一口氣讀下去，「物競」「天擇」也出來了，蘇格拉第柏拉圖也出來了，斯多噶也出來了。學堂裏又設立了一個閱報處，時務報不待言，還有譯學彙編，那書面上的張廉卿一流的四個字，就藍得很可愛。

「你這孩子有點不對了，拿這篇文章去看去，抄下來去看去。」一位本家的老輩嚴肅地對我說，而且遞過一張報紙來。接來看時，「臣許應騤跪奏……」，那文章現在是一句也不記得了，總之是參康有為變法的；也不記得可曾抄了沒有。

仍然自己不覺得有什麼「不對」，一有閒空，就照例地吃侉餅，花生米，辣椒，看天演論。

但我們也曾經有過一個很不平安的時期。那是第二年，聽說學校就要裁撤了。這也無怪，這學堂的設立，原是因為兩江總督（大約是劉坤一罷）聽到青龍山的煤礦出息好，所以開手的。待到開學時，煤礦那面卻已將原先的技師辭退，換了一個不甚了然的人了。理由是：一，先前的技師薪水太貴；二，他們覺得開煤礦並不難。于是不到一年，就連煤在那里也不甚了然起來，終于是所得的煤，只能供燒那兩架抽水機之用，就是抽了水掘煤，掘出煤來抽水，結一筆出入兩清的賬。既然開礦無利，路礦學堂自然也就無須乎開了，但是不知怎的，卻又並不裁撤。到第三年我們下礦洞去看的時候，情形實在頗淒涼，抽水機當然還在轉動，礦洞裏積水卻有半尺深，上面也點滴而下，幾個礦工便在這裏面鬼一般工作着。

畢業，自然大家都盼望的，但一到畢業，卻又有些爽然若失。爬了幾次桅，不消說不配做半個水兵；聽了幾年講，下了幾回礦洞，就能掘出金銀銅鐵錫來麼？實在連自己也茫無把握，沒有做「工欲善其事必先利其器論」的那麼容易。爬上天空二十丈和鑽下地面二十丈，結果還是一無所能，學問是「上窮碧落下黃泉，兩處茫茫皆不見」了。所餘的還只有一條路：到外國去。

留學的事，官僚也許可了，派定五名到日本去。其中的一個因為祖母哭得死去活來，不去了，只賸了四個。日本是同中國很兩樣的，我們應該如何準備呢？有一個前輩同學在，比我們早一年畢業，曾經游歷過日本應該知道些情形。跑去請敎之後，他鄭重地說——

「日本的襪是萬不能穿的，要多帶些中國襪。我看紙票也不好，你們帶去的錢不如都換了他們的現銀。」

四個人都說遵命。別人不知其詳，我是將錢都在上海換了日本的銀元，還帶了十雙中國襪——白襪。

後來呢？後來，要穿制服和皮鞋，中國襪完全無用；一元的銀圓日本早已廢置不用了，又賠錢換了半元的銀圓和紙票。

（十月八日。）

更正：前天寫校了稿後時偶而憶起前兩年所讀的蝨的夢，就隨筆寫在文中了；今天又翻開蝨的夢來看，才發現我記錯了，原來蝨是中國人賣給俄國船主的狗，蝨的夢是在峨德司城中一條陋街裏的頂樓上做的，夢體往年的航海生活。我覺得對讀者很抱歉。

澈圖

藤野先生

7

藤野[redacted]先生　　　　魯迅

——舊事重提之九——

東京也無非是這樣。上野的櫻花爛熳的時節，望去確也像緋紅的輕雲，但花下也缺不了成群結隊的「清國留學生」的速成班，頭頂上盤着大辮子，頂得學生制帽的頂上高高聳起，形成一座富士山。也有解散辮子，盤得平的，除下帽來，油光可鑑，宛如小姑娘的髮髻一般，還要將頸子扭幾扭，實在標緻極了。

中國留學生會館的門房裏有幾本書買，有時還值得去一轉；倘在上午，裏面的幾間洋房裏倒也還可以坐坐的。但到傍晚，有一間的地板便常不免要咚咚咚地響得震天，兼以滿房煙塵斗亂；問問精通時事的人，答道，「那是在學跳舞。」

到別的地方去看看，如何呢？

我就往仙台的醫學專門學校去。從東京出發，不久便到一處驛站，寫道：日暮里。不知怎地，我到現在還記得這名目。其次卻只記得水戶了，這是明的遺民朱舜水先生客死的地方。仙台是一個市鎮，並不大，冬天冷得利害，還沒有中國的學生。

大概是物以希為貴罷。北京的白菜運往浙江，便用紅頭繩繫住菜根，倒掛在水果店頭，尊為「膠菜」；福建野生着的蘆薈，一到北京就請進溫室，且美其名曰「龍舌蘭」。我到仙台也頗受了這樣的優待，不但學校不收學費，幾個職員還為我的食宿操心。我先是住在監獄旁邊的一個客店裏的，初冬已經頗冷，蚊子卻還多，後來用被蓋了全身，用衣服包了頭臉，只留兩個鼻孔出氣。在這呼吸不息的地方，蚊子竟無從插嘴，居然睡安穩了。飯食也不壞。但一位先生卻以為這客店也包辦囚人的飯食，我住在那裏不相宜。几次三番，几次三番地說，我雖然覺得客店兼辦囚人的飯食和我不相干，然而好意難卻，也只得別尋相宜的住處了。于是搬到別一家，離監獄也很遠，可惜每天總要喝難以下咽的芋梗湯。

從此就看見許多陌生的先生，聽到許多新鮮的講義。解剖學是兩個教授分任的。最初是骨學。其時進來的是一個黑瘦的先生，八字鬚，戴着眼鏡，挾着一疊大大小小的書。一將書放在講臺上，便用了緩慢而很有頓挫的聲調，向學生介紹自己道：

「我就是叫作藤野嚴九郎的……。」

後面有幾個人笑起來了。他接着便講述解剖學在日本發達的歷史，那些大大小小的書，便是從最初到現今關于這一門學問的著作。起初有幾本是線裝的，還有翻刻中國譯本的，他們的翻譯和研究新的醫學，並不比中國早。

那坐在後面發笑的是上學年不及格的留級學生，在校已經一年，掌故頗為熟悉的了。他們便給新生講演每個教授的歷史。這藤野先生，據說是穿衣服太模胡了，有時竟會忘記帶領結；冬天是一件舊外套，寒顫顫的，有一回上火車去，致使管車的疑心他是扒手，叫車裏的客人大家小心些。

他們的話大概是真的，我就親見他有一次上講堂沒有帶領結。

過一星期，大約是星期六，他使助手來叫我了。到得研究室，見他坐在人骨和許多單獨的頭骨中間，——他其時正在研究着頭骨，後來有一篇論文在本校的雜誌上發表出來。

「我的講義，你能抄下來麼？」他問。

「可以抄一點。」

「拿來我看！」

我交出所抄的講義去，他收下了，第二三天便還我，並且說，此後每一星期要送給他看一回。我拿下來打開看時，很吃了一驚，同時也感到一種不安和感激。原來我的講義已經從頭到末，都用紅筆添改過了，不但增加了許多脫漏的地方，連文法的錯誤，也都一一訂正。這樣一直繼續到教完了他所擔任的功課：[redacted]骨學，血管學，神經學。

可惜我那時太不用功，有時也很任性。還記得有一回藤野先生將我叫到他的研究室裏去，翻出我那講義上的一個圖來，是下臂的血管，指着，向我和藹的說道——

「你看，你將這條血管移了一點位置了。——自然，這樣一移，的確比較的好看些，然而解剖圖不是美術，實物是那麼樣的，我們沒法改換它。現在我給你改好了，以後你要全照着黑板上那樣的畫。」

但是我還不服氣，口頭答應着，心裏卻想道——

「圖還是我畫的不錯；至於實在的情形，我心裏自然記得的。」

學年試驗完畢之後，我便到東京玩了一夏天，秋初再回學校，成績早已發表了，同學一百餘人之中，我在中間，不過是沒有落第。這回藤野先生所擔任的功課，是解剖實習和局部解剖學。

解剖實習了大概一星期，他又叫我去了，很高興地，仍用了極有抑揚的聲調對我說道——

「我因為聽說中國人是很敬重鬼的，所以很擔心，怕你不肯解剖屍體。現在總算放心了，沒有這回事。」

但他也偶有使我很為難的時候，他聽說中國的女人是裹腳的，但不知道詳細，所以要問我怎樣裹法，足骨變成怎樣的畸形。還歎息道，「總要看一看纔知道。究竟是怎麼一回事呢？」

有一天，本級的學生會幹事到我寓裏來了，要借我的講義看。我檢出來交給他們，卻只翻檢了一通，並沒有帶走。但他們一走，郵差就送到一封很厚的信，拆開看時，第一句是——

「你改悔罷！」

這是新約上的句子罷，但經托爾斯泰新近引用過的。其時正值日俄戰爭，托老先生便寫了一封給俄國和日本的皇帝的信，開首便是這一句。日本報紙上很斥責他的不遜，愛國青年也憤然，然而暗地裏卻早受了他的影響了。其次的話，大意是說上年解剖學試驗的題目，是藤野先生在講義上做了記號，我豫先知道的，所以能有這樣的成績。末尾是匿名。

我這纔回憶到前幾天的一件事。因爲要開同級會，幹事便在黑板上寫廣告，末一句是「請全數到會勿漏爲要」，而且在「漏」字旁邊加了一個圈。我當時雖然覺到圈得可笑，此外卻毫不介意，這回纔悟出那字也在譏刺我了，猶言我得了教員漏泄出來的題目。

我便將這事告知了藤野先生；有幾個和我熟識的同學也很不平，一同去詰責幹事託辭檢查的無禮，並且要求他們將檢查的結果，發表出來。終於這流言消滅了，幹事卻又竭力運動，要收回那一封匿名信去。結末是我便將這託爾斯泰式的信退還了他們。

中國是弱國，所以中國人當然是低能兒，分數在六十分以上，便不是自己的能力了：也無怪他們疑惑。但我接着便有參觀槍斃中國人的命運了。第二年添教黴菌學，細菌的形狀是全用電影來顯示的，一段落已完而還沒有到下課的時刻，便影幾片時事的片子，自然都是日本戰勝俄國的情形。但偏有中國人夾在裏邊：給俄國人做偵探，被日本軍捕獲，要鎗斃了，圍着看的也是一羣中國人；在講堂裏的還有一個我。

「萬歲！」他們都拍掌歡呼起來。

這種歡呼，是每看一片都有的，但在我，這一聲卻特別聽得刺耳。此後回到中國來，我看見那些閒看鎗斃犯人的人們，他們也何嘗不酒醉似的喝采，——嗚呼，無法可想！但在那時那地，我的意見卻變化了。

到第二學年的終結，我便去尋藤野先生，告訴他我將不學醫學，並且離開這仙台。他的臉色彷彿有些悲哀，似乎想說話，但竟沒有說。

「我想去學生物學，先生教給我的學問，也還有用的。」其實我並沒有決意[redacted]要學生物學，因為看得他有些悽然，便說了一個慰安他的謊話。

「為醫學而教的解剖學之類，怕于生物學也沒有什麼大[redacted]幫助。」他歎息說。

將走的前幾天，他叫我到他家裏去，交給我一張照相，後面寫着兩個字道[redacted]：「惜別」，還說希望將我的也送他。但我這時適值沒有照相了，他便叮囑我將來照了寄給[redacted]他，並且時時通信告訴他[redacted]此後的狀況。

我離開仙台之後，就多年沒有照過相，又因為狀況也無聊，說起來無非使他失望，便連信也怕敢寫了。經過的年月一多，話更無從說起，所以雖然有時想寫信，卻又[redacted]難以下筆，這樣的一直到現在，竟沒有寄過一封信和一張照片。從他那一面看起來，是一去之後，杳無消息[redacted]了。

但不知怎地，我總還時時記起他，在我[redacted]所認為我師的之中，他是最使我感激，給我[redacted]鼓勵的一個。有時我常常想：他的對于我的熱心的希望，[redacted]不倦的教誨，小而言之，是為[redacted]中國，就是希望中國有新的醫學；大而言之，是為學術，就是希望新的醫學傳到中國去。他的性格，在我的眼裏和心裏是偉大的，雖然他的姓名並不為許多人所知道。

他所改正的講義，我曾經訂成三厚本，收藏着的，將作為永久的紀念。不幸七年前遷居的時候，中途毀壞了一口書箱，失去半箱書，恰巧這講義也遺失在內了。責成運送局去找尋，寂無回信。只有他的照相至今還掛在我北京寓居的東牆上，書桌對面。每當夜間疲倦，正想偷懶時，仰面在燈光中瞥見他黑瘦的面貌，似乎正要說出抑揚頓挫的話來，便使我忽又良心發現，而且增加勇氣了，於是點上一枝烟，再繼續寫些為「正人君子」之流所深惡痛疾的文字。

（十月十二日。）

廿六

藤野先生

(10)

6頁

范曼农

范愛農

——舊事重提之十——

魯迅

在東京的客店裏，我们大抵一起來就看報。學生所看的多是朝日新闻和讀賣新闻，專愛打聽社會上瑣事的就看二六新闻。一天早晨，辟頭就看見一條從中國來的電報，大概是——

「安徽巡撫恩銘被 Jo Shiki Rin 刺殺，刺客就擒。」

大家一怔之後，便容光煥發地互相告語，並且研究這刺客是誰，漢字是怎樣三個字。但只要是紹興人，又不專看教科書的，卻早已明白了。這是徐錫麟，他留學回國之後，在做安徽候補道，辦着巡警事務，正合于刺殺巡撫的地位。

大家接着就預測他將被極刑，家族將被連累。不久，秋瑾姑娘在紹興被殺的消息也傳來了，徐錫麟是被挖了心，給恩銘的親兵炒食淨盡。人心很憤怒。有幾個人便秘密地開一個會，籌集川資，這時用得着日本浪人了，撕烏賊魚下酒，慷慨一通之後，他便登程去接徐伯蓀的家屬去。

照例還有一個同鄉會，弔烈士，罵滿洲；此後便有人主張打電報到北京，痛斥滿政府的無人道。會衆即刻分成兩派：一派要發電，一派不要發。我是主張發電的，但當我說出之後，即有一種鈍滯的聲音跟着起來——

「殺的殺掉了，死的死掉了，還發什麽屁電報呢。」

這是一個高大身材，長頭髮，眼珠白多黑少的人，看人總像在渺視。他蹲在席子上，我發言大抵就反對；我早覺得奇怪，注意着他的了，到這時才打聽別人：說這話的是誰呢，有那麽冷？認識的人告訴我說：他叫范愛農，是徐伯蓀的學生。

我非常憤怒了，覺得他簡直不是人，自己的先生被殺了，連打一個電報還害怕，於是便堅執地主張要發電，同他爭起來。結果是主張發電的居多數，他屈服了；其次要推出人來擬電稿。

「何必推舉呢？自然是主張發電的人囉～～」

我覺得他的話又在針對我，無理倒也並非無理的；但我便主張這一篇悲壯的文章必須深知烈士生平的人做，因為他比別人關係更密切，心裏更悲憤，做出來就一定更動人。於是又爭起來。結果是他不做，我也不做，不知誰承認做去了；其次是大家走散，只留下一個擬稿的和一兩個幹事，等候做好之後去拍發。

從此我總覺得這范愛農離奇，而且很可惡。天下可惡的人，當初以為是滿人，這時才知道還在其次；第一倒是范愛農。中國不革命則已，要革命，首先就心總將范愛農除去。

然而這意見後來似乎逐漸淡薄，到底忘卻了，我們從此也沒有再見面。直到革命的前一年，我[redacted]在故鄉[redacted]做教員，大概是春末時候罷，忽然在熟人的客座上看見了一個人，[redacted]互相熟視了不過兩三秒鐘，我們便同時說：

「哦哦，你是[redacted]范愛農！」

「哦哦，你是[redacted]魯迅！」

不知怎地我們便都笑了起來，是互相的嘲笑和悲哀。他眼睛還是那樣，然而奇怪，只這幾年，頭上卻有了白髮了，但也許本來就有，我先前沒有留心到。他穿着很舊的布馬掛，破布鞋，顯得很寒素。談起[redacted]自己的經歷來，他說他後來沒有了學費，不能再留學，便回來了。回到故鄉之後，又受着輕蔑，排斥，迫害，幾乎無地可容。現在是躲在鄉下，教着幾個小學生糊口。但因為有時覺得很氣同，所以也趁了航船進城來。

他又告訴我現在愛喝酒，于是我們便喝酒。從此他每一進城，必定來訪我，非常相熟了。我們醉後常談些愚不可及的瘋話，連母親偶然聽到了也發笑。一天我忽而記起在東京開同鄉會時的舊事，便問他——

「那一天你專門反對我，而且故意似的，究竟是什麼緣故呢？」

「你還不知道？我一向就討厭你的，——不但我，我們。」

「你那時之前，早知道我是誰麼？」

「怎麼不知道。我們到橫濱，來接的不就是子英和你麼？你看不起我們，摇摇頭，你自己還記得麼？」

我略略一想，記得的，雖然是七八年前的事。那時是子英來約我的，說上橫濱去接新來留學的同鄉。汽船一到，看見一大堆，大概一共有十多人，一上岸便將行李放到稅關上去候查，關吏在衣箱中翻來翻去，忽然翻出一雙繡花的弓鞋來，便放下公事，拿着子細地看。我很很不滿，心裏想，這些鳥男人，怎麼帶這東西來呢。自己不注意，那時也許搖了搖頭。檢驗完畢，在客店小住之後，即須上火車。不料這一羣讀書人又在車上讓起坐位來了，甲要乙坐在這位上，乙要丙去坐，揖讓未終，火車一開，車身一搖，即刻跌倒了三四個。我那時也很不滿，暗地裏想：連火車上的坐位，他們也要分出尊卑來……。自己不注意，也許又搖了搖頭。然而那羣雍容的揖讓的人物中就有范愛農，卻直到這一天纔想到。豈但他呢，說起來也慚愧，這一羣裏，還有後來在安徽戰死的陳伯平烈士，被害的馬宗漢烈士；被囚在黑獄裏，到革命後纔見天日而身上永帶着酷刑的傷痕的也還有一兩人。而我都茫無所知，搖着頭將他們一併運上東京了。徐伯蓀雖然和他們同船來，卻不在這車上，因為他在神戶就和他的夫人坐車走了陸路了。

我想我那時搖頭大约有兩回，他们看見的不知道是那一回。讓坐時喧鬧，檢查時幽靜，一定是在税關上的那一回了。試問愛農，果然是的。

「我真不懂你们帶這東西做什麽？是誰的？」

「還不是我们師母的？」他瞪着他多白的眼。

「到東京就要假裝大脚，又何必帶這東西呢？」

「誰知道呢？你問她去。」

到冬初，我们的景况更拮据了，然而還喝酒，講笑話。忽然是武昌起義，接着是紹興光復。第二天愛農就上城來，戴着農夫常用的氈帽，那笑容是從來没有見過的。

「老迅，我们今天不喝酒了。我要去看看光復的紹興。我们同去。」

我们便到街上去走了一通，滿眼是白旗。然而貌雖如此，内骨子是依舊的，因為還是幾個舊鄉紳所組織的軍政府，什麽鐵路股東是行政司長，錢店掌櫃是軍械司長……。這軍政府也到底不長久，幾個少年一嚷，王金發帶兵從杭州進來了，但即使不嚷或者也會來。他進來以後，也就被許多閒漢和新進的革命黨所包圍，大做王都督，在衙門裏的人物，穿布衣來的，不上十天也大概換上皮袍子了，天氣還並不冷。

我被擺在師範學校校長的飯碗旁邊，王都督給了我校款二百元。愛農做監學，還是那件布袍子，但不大喝酒了，也很少有工夫談閒天。他辦事，兼教書，實在勤快得可以。

「情形還是不行，王金發他們。」一個去年聽過我的講義的少年來訪問我，慷慨地說，「我們要辦一種報來監督他們。不過發起人要借用先生的名字。還有一個是子英先生，一個是德清先生。為社會，我們知道你決不推卻的。」

我答應了他。兩天後便看見去報的傳單，發起人誠然是三個。五天後便見報，開首便罵軍政府和都署裏的人員，此後是罵都督，都督的親戚，同鄉，姨太太……。

這樣地罵了十多天，就有一種消息傳到我的家裏來，說都督因為你們詐取了他的錢，還罵他，要派人用手鎗來打死你們了。

別人倒還不打緊，第一個着急的是我的母親，叮囑我不要再出去。但我還是照常走，並且說明，王金發是不來打死我們的，他雖然綠林大學出身，而殺人卻不很輕易。況且我拿的是校款，這一點他還能明白的，不過說說罷了。

果然沒有來殺。寫信去要經費，又取了二百元。但彷彿有些怒意，同時傳令道：再來要，沒有了！

不過愛農得到了一種新消息，卻使我很為難。原來所謂「詐取」者，並非指學校經費而言，是指送給報館的一筆款。報紙上罵了幾天之後，王金發便叫人送去了五百元。于是乎我們的少年們便開起會議來，第一個問題是：收不收？議決曰：收。第二個問題是：收了之後罵不罵？議決曰：罵。理由是：收錢之後，他是股東；股東不好，自然要罵。

我即刻到報館去問這事的真假。都是真的。略說了幾句不該收他的錢的話，一個名為會計的便不高興了，質問我道：

「報館為什麼不收股本？」

「這不是股本……」

「不是股本是什麼？」

我就不再說下去了，這一點世故是早已知道的，倘我再說出連累我們的話來，他就會面斥我太愛惜不值錢的生命，不肯為社會犧牲，或者明天在報上就

廈門大學用紙第九號

18

可以看見我怎樣怕死[redacted]發抖的記載。

然而事情很湊巧，季茀寫信來催我往南京了。愛農也很贊成，但頗淒涼，說——

「這裏又是那樣，住不得。你快去罷……」

我懂得他無聲的話，決計往南京。先向都督府去辭職，自然照准，派來了一個拖鼻涕的接收員，我交出賬目和餘款一角又兩銅元，不是校長了。後任是孔教會會長傅力臣。

報館案是我到南京後兩三個星期了結的，被一羣兵們搗毀。子英在鄉下，沒有事；德清適值在城裏，大腿上被刺了一尖刀。他大怒了。自然，這是很有些痛的，怪他不得。他大怒之後，脫下衣服，照了一張照片，以顯示一寸來寬的刀傷，並且做一篇文章敘述情形，向各處分送，宣傳軍政府的横暴。我想，這種照片，現在是大約未必還有人收藏着了，尺寸太小，刀傷縮小到幾乎等于無，如果不加說明，看見的人一定以為是帶些瘋氣的風流人物的裸體照片，倘遇見孫傳芳大帥，還怕要被禁止的。

我從南京移到北京的時候，愛農的學監也被孔教會會長的校長設法去掉了。他又成了革命前的愛農。我想為他在北京尋一點小事做，這是他非常希望的，然而沒有機會。他後來便到一個熟人的家裏去寄食，也時時給我信，景況愈困窮，言辭也愈淒苦。終于又非走出這熟人的家不可，便在各處飄浮。不久，忽然從同鄉那里得到一個消息，說他已經掉在水裏，淹死了。

我疑心他是自殺。因為他是浮水的好手，不容易淹死的。

夜間獨坐在會館裏，十分悲涼，又疑心這消息並不確，但無端又覺得這是極其可疑的，雖然並無證據。一點法子都沒有。只做了四首詩，後來曾在一種日報上發表，現在是將要忘記完了，只記得一首裏的六句。~~[illegible]~~ 起首四句是：「把酒論天下，先生小酒人。大圜猶酩酊，微醉合沉淪。」中間忘掉兩句，末了是「舊朋雲散盡，余亦等輕塵。」

後來我回故鄉去，纔知道一些較為詳細的事。愛農先是什麼事也沒得做，因為大家討厭他。他很困難，但還喝酒，是朋友請他的。他已經很少和人們來往，常見的只剩下幾個後來認識的較為年青的人了，然而他們似乎也不願意多聽他的牢騷，以為不如講笑話有趣。

「也許明天就收到一個電報，拆開來一看，是魯迅來叫我的。」他時常這樣說。

一天，幾個新的朋友約他坐船去看戲，回来已過夜半，[redacted]又是大風雨，他[redacted]醉着，却偏要到船舷上去小解。大家勸阻他，也不聽，說不會掉下去的。但他掉下去了，雖然能浮水，却[redacted]從此不起来。

第二天打撈屍體，是在菱蕩裏找到的，直立着。

我至今不明白他究竟是失足還是自殺。

他死後一無所有，遺下一個幼女和他的夫人。有幾個人想集一點錢作他女孩將来[redacted]的學費的基金，因為一[redacted]經提議，即有族人来爭這筆款的保管權，——其實還沒有這筆款，——大家覺得無聊，便無形消散了。

現在不知他唯一的女兒景況如何。倘在上學，中學已該畢業了罷。

（十一月十八日。）

范爱农 (10) 卅六

7 頁

後記

「朝華夕拾」後記

魯迅

我在第三篇講「二十四孝」的開頭，說北京恐嚇小孩的「馬虎子」應作「麻胡子」，是指麻叔謀，而且以他為胡人。現在知道是錯了，「胡」應作「祜」，是叔謀之名，見唐人李濟翁作的資暇集卷下，題云「非麻胡」。原文如次：——

俗怖嬰兒曰：麻胡來！不知其源者，以為多髯之神而驗刺者，非也。隋將軍麻祜，性酷虐，煬帝令開汴河，威稜既盛，至稚童望風而畏，互相恐嚇曰：麻祜來！稚童語不正，轉祜為胡。只如憲宗朝涇將郝玭，蕃中皆畏憚，其國嬰兒啼者，以玭怖之，則止。又武宗朝，閭閻孩孺相脅云，薛尹來！咸此類也。況魏志載張文遠遼來之明證乎？（原注：麻祜廟在睢陽。鄜方節度李丕即其後。丕為重建碑。）

我的識見，就正和唐朝的「不知其源者」相同，貽識于千載之前，真是咎有應得，只好苦笑。但又不知麻秸廟碑或碑文，尚在睢陽或存于方志中否？倘在，我們當可以看見和小說開河記所載相反的他的功業。

因為想尋幾張插畫，常維鈞兄給我在北京搜集了許多材料，有幾種是為我所未曾見過的。如光緒己卯（1879）肅州胡文炳作的二百冊孝圖——原書有注云：「冊讀如習」，我真不解他何以不直稱四十，而必須如此麻煩——即其一。我所反對的「郭巨埋兒」，他于我還未出世的前幾年，已經刪去了。序有云：——

……坊間所刻二十四孝，善矣。然其中郭巨埋兒一事，揆之天理人情，殊不可以訓。……炳竊不自量，妄為編輯，凡矯枉過正，而刻意求名者，概從割愛。惟擇其事之不詭于正，而人人可為者，類為六門……。

這位肅州胡老先生的裁決，委實令我佩服了。但這種意見，恐怕是懷抱者不乏其人，而且由來已久的，不過大抵不敢毅然刪改，筆之于書。如同治十一年（1872）

刻的百孝圖，卷首有紀常鄭績序，就說：——

……況逦來世風日下，沿習澆漓，不知孝出天性自然，反以孝作另成一事。且擇古人投爐埋兒為忍心害理，指割股抽腸為損親遺體。殊未審孝只在乎心，不在乎跡。盡孝無定形，行孝無定事。古之孝者非在今所宜，今之孝者難泥古之事。因此時此地不同，而其人其事各異，求其所以盡孝之心則一也。子夏曰：事父母能竭其力。故孔門問孝，所答何嘗有同然乎？……

則同治年間就有人以埋兒等事為「忍心害理」，灼然可知。至于這「紀常鄭績」先生的意思，我亦不大懂得，像是說：這些事現在可以不必學，但也不必說他錯。

這部百孝圖的起源有點特別，是因為見了「粵東顏子」的百美新詠而作的。人重色而己重孝，衛道之盛心可謂至矣。雖然是「會稽俞葆真蘭浦編輯」，與不佞有同鄉之誼，——但我還只得老實說：不大高明。例如木蘭從軍的出典，他注云：「隋史」。這樣

文藝叢書稿紙　共十一行　每行三十六字

名目的書，現今是沒有的；倘是「隋書」，那裏面又沒有木蘭從軍的事。

而中華民國九年（1920），上海卻偏將牠用石印翻印了，書名的前後各添了兩個字：「男女百孝圖全傳」。第一葉上還有一行小字道：家庭教育的好模範。又添了一篇「吳下大錯王鼎謹識」的序，開首先發同治年間「紀常鄭績」先生一流的感慨：「慨自歐化東漸，海內承學之士，囂囂然侈談自由平等之說，致道德日就淪胥，人心日益澆漓，寡廉鮮恥，無所不為，儌幸行險，人思倖進，求所謂砥礪廉隅，束身自愛者，世不多覯焉。……起觀斯世之忍心害理，幾全如陳叔寶之無心肝。長此滔滔，伊何底止？……」

其實陳叔寶模胡到好像全無心肝，或者有之，若拉[redacted]他來配「忍心害理」，卻未免有些冤枉。這是有幾個人以評郭巨埋兒和李娥投爐的事的。

人心，有幾點確也似乎[redacted]正在澆漓起來，自從男女之秘密，男女交合新論出現後，上海就很有些書名喜歡用「男女」二字冠首。現在是連「以正人心厚風俗」的百孝圖上也加上了。這大概為因不

4

文藝叢書稿紙　共十一行　每行二十六字

滿于百美新詠而教孝的「會稽俞葆真蘭浦」先生所不及料的罷。

從說「百行之[redacted]先」的孝而忽然拉到男女上去，彷彿也近乎不莊[redacted]重，——澆漓。但我總還想趁便說幾句，——自然竭力[redacted]減省。

我們中國人[redacted]即使對於「百行之先」，我敢說，也[redacted]未必不想到男女上去的。太平無事，閒人很多，偶有「殺身成仁舍生取義」的，[redacted]本人雖然也許忙得不暇檢點，而活着的旁觀者[redacted]總[redacted]會加以綿密的研究。曹娥的投江覓父，淹死後[redacted]抱父屍出，是載在正史，很有許多人知道的。但這一個「抱」字卻[redacted]發生過問題。

我幼小時候，在故鄉曾經聽到這樣老年人[redacted]講：——

……死了的曹娥，[redacted]和她父親的屍體，最初是面對面抱着浮上來的。然而過往行人看見的都發笑了，說：哈哈！這麼一個年青姑娘抱着這麼一個老頭子！於是那兩個死屍又沉下去了；停了一刻又浮起來，這回是背對背的負着。

嗚呼！[redacted]在禮義之邦裏，連一個死孝女[redacted]要和[redacted]死父親一同浮出，也有這麼艱難！

我檢查百孝圖和二百卌孝圖，畫師都很聰明，所畫的是曹娥還未跳入江中，只在江干啼哭。但吳友如畫的女二十四孝圖（1892）卻正是兩尸一同浮出的這一幕，而且也正畫作「背對背」，如第一圖[redacted]上方。我想，[redacted]他大約也知道我所聽到的[redacted]那故事的。還有後二十四孝圖說，也是吳友如畫，也有曹娥，則畫作正在投江的情狀，如第一圖下。

空一行

就我現今所見的教孝的圖說而言，古今頗有許多遇盜，遇虎，遇火，遇風的孝子，那應付的方法，十之九是「哭」和「拜」。

中國的哭和拜，什麼時候纔完呢？

至于畫法，我以為最簡古的倒要算日本的小田海僊本，這本子早已印入點石齋叢畫裏，變成國貨，很容易入手的了。吳友如畫的最細巧，也最能引動人。但他[redacted]于歷史畫其實是不大相宜的；他久居上海的租界裏，耳濡目染，最擅長的倒在[redacted]作「惡鴇

後二十四孝圖說
曹娥投江
尋父屍
三

倌妓」，「流氓拆梢」一類的時事畫，真是勃勃有生氣，令人在紙上看出上海的洋場來。但影響殊不佳，近來許多小說和兒童讀物的插畫中，常將一切女性畫成妓女樣，一切孩童都畫得像一個小流氓，大半就因為太看了他的畫本的緣故。而孝子的事迹也比較地更難畫，因為但是慘苦的多，譬如「郭巨埋兒」，無論如何總難以畫到能夠引得孩子眉飛色舞，自願躺到坑裏去。還有「嘗糞心憂」，也不容易引人入勝。還有老萊子的「戲綵娛親」，題詩上雖說「喜色滿庭幃」，而圖畫上卻絕少有有趣的家庭的氣息。

我現在選取了三種不同的標本，合成第二圖。上方的是百孝圖中的一部分，「陳村何雲梯」畫的，畫的是「取水上堂詐跌臥地作嬰兒啼」的一段，也帶出「雙親開口笑」來。中間的一小塊是我從「直北李錫彤」畫的新二十四孝圖詩合刊上描下來的，畫的是「著五色斑斕之衣為嬰兒戲於親側」這一段；手裏捏着「搖咕咚」，就是「嬰兒戲」這三個字的點題。但大約李先生覺得一個高大的老頭子玩這樣的把戲究竟不像樣，將他的身子竭力收

戲彩娛親

戲舞學嬌癡
春風動彩衣
雙親開口笑
喜色滿庭闈

老萊子三種　七月八日集

魯迅

縮，畫成有鬍子的小孩子了，然而仍然無趣。至于像的錯誤和缺少，那是不能怪作者的，也不能怪我，只能去罵刻工。查這刻工是前清同治十二年（1873）時，是在「山東省布政司街南首路西鴻文堂刻字處」。下方的是慎獨山房刻本，無畫人姓名，但是雙料畫法，一面「詐跌臥地」，一面「為嬰兒戲」，而將「斑斕之衣」忘卻了。吳友如畫的一本，也合兩事為一，也忘了「斑斕之衣」，只是老萊子比較的胖一些，且綰着雙丫髻，不過還是無趣味。

人說，諷刺和冷嘲只隔一張紙，我以為有趣和肉麻也一樣。孩子對父母撒嬌可以看得有趣，若是成人，便未免有些不順眼。放達的夫妻在人面前的互相愛憐的態度，有時略跨出有趣的界線，也容易變為肉麻。老萊子的作態的圖，正無怪誰也畫不好。像這些圖畫上的家庭裏，我是一天也住不舒服的，你看這樣一位七十歲的老太爺整年假惺惺地玩着一個「搖咕咚」。

漢朝人在宮殿和墓前的石室裏，多喜歡繪畫或雕刻古來的帝王，孔子弟子，列士，列女，孝子之類的圖。宮殿當然一椽不存了；石室卻偶然還有，而最完全的是山東嘉祥縣的武氏石室。我記得那上面就刻着老萊子的故事，但現在手頭既沒有拓本，也沒有金石萃編，不能查考了；否則，將現時的和約一千八百年前的圖畫比較起來，也是一種頗有趣味的事。

關于老萊子的，百孝圖上還有這樣的一段：——

"……萊子又有弄雛娛親之事：嘗弄雛于雙親之側，欲親之喜。（原注：高士傳。）"

誰做的高士傳呢？嵇康的，還是皇甫謐的？也還是手頭沒有書，無從查考。只在新近因為白得了一個月的薪水，這纔買來的太平御覽上查了一通，到底查不着，倘不是我粗心，那就是出于別的唐宋人的類書裏的了。但這也沒有什麼大關係。我所覺得特別的，是文中的「雛」字。

我想，這「雛」未必一定是小禽鳥。孩子們喜歡弄來玩耍的，用泥和綢或布做成的人形，日本也叫作Hina，寫作「雛」。他們那里往往存留中國的古語；而老萊子在父母面前弄孩子的玩具，也比弄小鳥更自然。所以英語的Doll，即我們現在稱為「洋囡囡」或「泥人兒」，而文字上只好寫作「傀儡」的，說不定古人就稱「雛」；後來中絕，便只殘存于日本了。但這不過是我一時的臆測，此外也並無堅實的憑證。

這弄雛的事，似乎也還沒有人畫過圖。

我所搜集的另一批，是內有「無常」的畫像的書籍。一曰玉歷鈔傳警世（或無下二字），一曰玉歷至寶鈔（或作編），其實是兩種都差不多的。關于搜集的事，我首先仍要感謝常維鈞兄，他寄給我北京龍光齋本，又鑑光齋本；天津思過齋本，又石印局本；南京李光明莊本。其次是章矛塵兄，給我杭州瑪瑙經房本，紹興許廣記本，最近石印本。又其次是我自己，得到廣州寶經閣本，又翰元樓本。

這些玉歷，有繁簡兩種，是和我的前言相符的。但我調查了一切無常的畫像之後，却恐慌起来了。因為書上的「活無常」是紗帽花袍，背後插刀；而拿算盤，戴高帽子的却是「死有分」。雖然面貌有凶惡和和善之别，脚下有草鞋和布（？）鞋之殊，也不過畫工偶然的隨便，而最関緊要的題字，則全體一致，曰：「死有分」。這明明[redacted]是在和我為難。

然而我[redacted]還不[redacted]能心服：一者因為這些書都不是我幼小時候所見的那一部，二者因為我還確信我的記憶並沒有錯。不過撕下一葉来做插畫的企圖，却被無[redacted]聲無臭地[redacted]打[redacted]得粉碎了，只得選取標本各[redacted]之外，還自己動手，[redacted]添畫[redacted]一個「目蓮戲」[redacted]和迎神賽會中的無常像[redacted]来塞責，[redacted]好在我並非畫家，雖然太不高明，讀者也許[redacted]不至于嗔责罷。先前想不到後来，曾經對于吳友如先生輩說過些蹊蹺話，不料曾幾何時，即須自己出[redacted]醜了，現在就預先辯解幾句在這里存案。但是，如果無效，那[redacted]也只好[redacted]直抄徐大總統（世昌）的哲[redacted]學：聽其自然。

還有不能心[redacted]服的事，是我覺得雖是宣傳玉歷的諸公，于陰間的事情其實也不很[redacted]了然。例

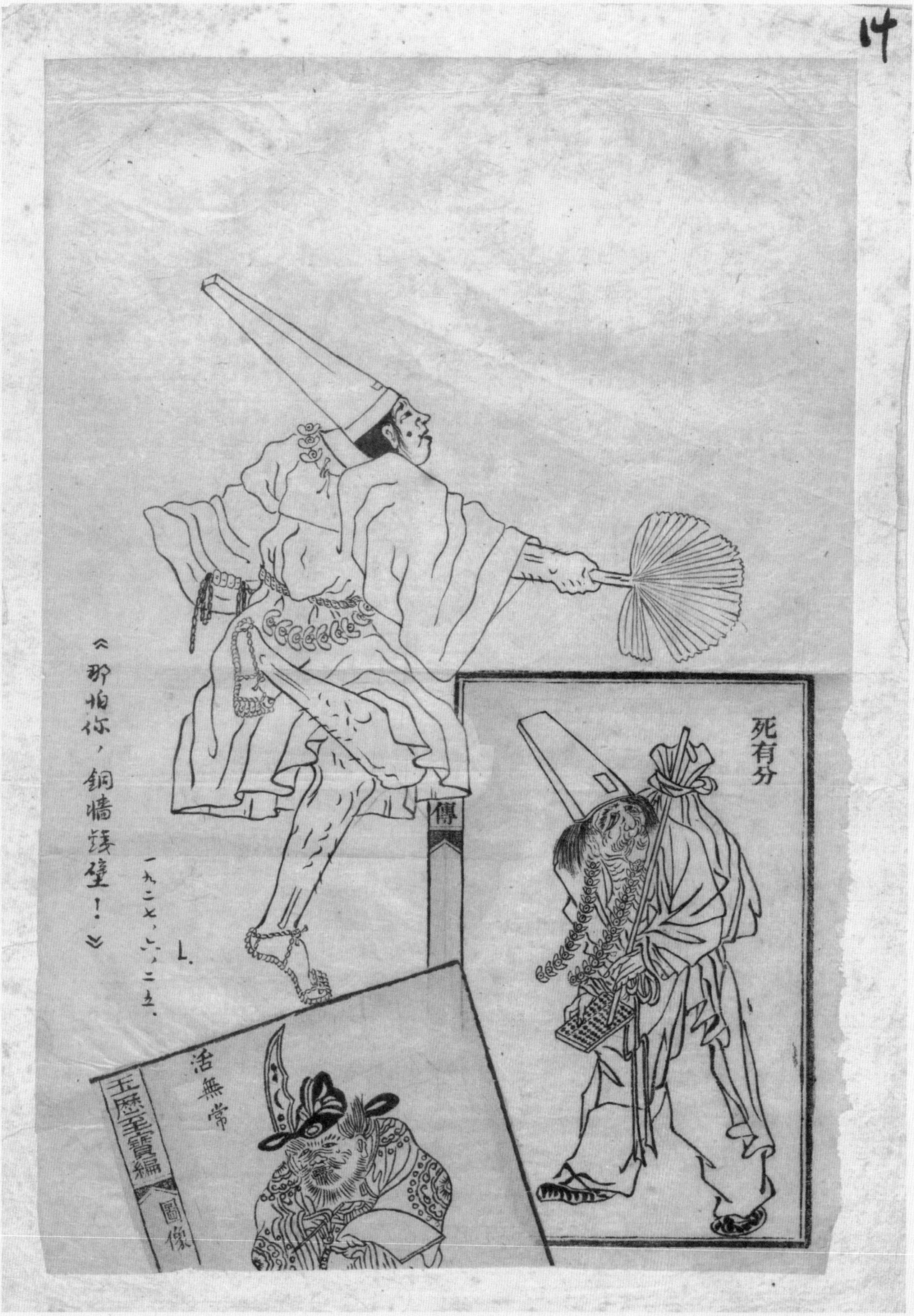
17
《那怕你，銅牆錢壁！》
一九二七，六，二五。
L.
死有分
傳
活無常
玉歷至寶編
圖像

文藝叢書稿紙　共十一行　每行二十字

如一個人初死時的情狀，那圖畫就分成兩派。一派是只來一個手執鋼叉的鬼卒，叫作「勾攝使者」，此外什麼都沒有；一派是一個馬面，兩個無常——陽無常和陰無常——而並非活無常和死有分。倘說，那兩個就是活無常和死有分罷，則和單個的畫像又不一致，如第四圖上的A，陽無常何嘗是花袍紗帽？只有陰無常卻和單畫的死有分相像的，但也放下算盤拿了扇。這還可以說大約因為其時是夏天，然而怎麼又長了那麼長的絡腮鬍子了呢？難道夏天時疫多，他竟忙得連修刮的工夫都沒有了麼？這圖的來源是天津思過齋本，合併聲明。

還有北京本和廣州本上的，也相差無幾。

B是從南京的李光明莊刻本上取來的，圖畫和A相同，而題字卻正相反了：天津本指為陰無常者，牠卻道是陽無常。但和我的主張是一致的。那麼，倘看見一個高帽素服的東西，不問他鬍子之有無，北京人，天津人，廣州人只要稱為陰無常或死有分，我和南京人則叫他活無常，各隨自己的便罷。不過我還要添上一點C圖，是紹興許廣記刻本中的一部分，上面並無題字，不知宣傳者于意云何。我幼小時常走過許廣記的門口，也看他們刻圖畫，是

四殿五官王
做一箇好人
幹許多事
D
1
2
3
4
5
玉歷鈔傳
陽無常
馬面
本宅
司命
新故
生魂
本境福神
B
陰無常
內室
妻子
悲啼
十
李光明莊
玉歷至寶鈔
圖像
A
三十
陰無常
馬面
陽無常
歷鈔傳像圖
C

17

專愛用弧線和直線，不大肯作曲線的，所以無常先生[redacted]的真相，在這裏也難以判然。只是他身邊有另一個小高帽，卻還[redacted]能分明看出，為別的本子上所無。這就是我所說過的在賽會時候出現的阿領。他連辦公時間也帶着兒子（？）走，我想，大概是在叫他跟隨學習，預備長大之後，可以[redacted]「無改於父之道」的。

[redacted]陰勾攝人魂之外，十殿閻羅王中的第四殿五官王的案桌旁邊，也什九站着一個高帽腳色。如圖1取自天津思過齋本，模樣頗漂亮；2是南京本，舌頭拖出來了，不知何故；3是廣州本，扇子破了，也許因為廣州天氣熱，用得多；4是北京龍光齋本，無扇，下巴之下一條黑，看不透是鬍子還是舌頭；5是天津石印局本，也頗漂亮，然而站到第七殿泰山王的公案桌邊去了：這是很特別的。又有，老虎噬人的圖上，也一定畫一個高帽的腳色，拿着扇子站[redacted]地裏在指揮。不知道這也就是無常呢，還是所謂「倀鬼」？但我鄉[redacted]戲文上的倀鬼都不戴高帽子。

空一行

文藝叢書稿紙

研究這一類渺渺茫茫，「死無對證」的[redacted]玩藝，是很新穎，也極佔便宜的。假使徵集材料，開始討論，將各種往來的信件都編印起來，恐怕也可以出三四本頗厚的書，並且因此陞為「學者」。但是，「活無常學者」，名稱不大冠冕，我不想幹下去了，只在此下一個武斷：——

至於我的思想是很粗淺的：活無常和死有分，合起來是人的一生的象徵。人當死時，本只須死有分來到。因為他一到，這時候，也就是活無常。

但民間又有一種自稱「走陰」或「陰差」的，是生人暫時入冥，幫辦公事的腳色。因為他[redacted]幫同勾攝生魂，大家也就稱之為「無常」；又以其本屬生魂也，故別之曰「陽」，但從此便和「活無常」隱然相混了。如第四圖版之A，題為「陽無常」的，是平常人的普通裝束，可見明明是陰差，他的職務止在[redacted]餓鬼[redacted]，到門可以站在階下。

既有了生魂入冥的「陽無常」，便以「陰無常」來稱並非生魂的死有分了。

做目連戲和迎神賽會雖說是酬神，同時也等于娛樂，扮演出來的應該是陰差，[redacted]

19

而普通狀態太無趣，不如奇特些好，于是就將那一個無常的衣裝給他穿上了；自然原也沒有知道得很清楚。然而從此也可以說下去。所以南京人和我之所謂活無常，是陰差而穿着死有分的衣冠，頂着真的活無常的稱號，大背經典，荒謬得很的。

不知海內博雅君子，以為何如？

我本來並不準備做後記，只想尋幾張舊畫像來做插圖，不料目的不達，便變成一面比較，剪貼，一面發議論了。那一點本文或作或輟地幾乎做了一年，這一點後記也或作或輟地幾乎做了兩月。天熱如此，汗流浃背，是亦不可以已乎：爰為結。

一九二七年七月十一日，寫完于廣州東堤寓楼之西窗下。

附录

憶韋素園君

憶韋素園君

我也還有記憶的，但是，零落得很。我自己覺得我的記憶好像被刀刮過了的魚鱗，有些還留在身體上，有些是掉在水裏了，將水一攪，有幾片還會翻騰，閃爍，然而中間混着血絲，連我自己也怕得因此污了賞鑒家的眼目。

現在有幾個朋友要紀念韋素園君，我也得說幾句話。是的，我是有這義務的。

我只好連身外的水也攪一下，看看泛起怎樣的東西來。

*　　*　　*

怕是十多年之前了罷，我在北京大學做講師，有一天，在教師豫備室裏遇見了一個頭髮和鬍子統統長得要命的青年，這就是李霽野。我的認識素園，大約就是霽野紹介的罷，然而我忘記了那時的情景。現在留在記憶裏的，是他已經坐在客店的一間小房子裏計畫出版了。

43

這一間小房子，就是「未名社」。

那時我正在編印兩種小叢書，一種是「烏合叢書」，專收創作，一種是「未名叢刊」，專收翻譯，都由北新書局出版。出版者和讀者的不喜歡翻譯書，那時和現在也並不兩樣，所以「未名叢刊」是特別冷落的。恰巧，素園他們願意紹介外國文學到中國來，便和李小峰商量，要將「未名叢刊」移出，由幾個同人自辦。小峰一口答應了，于是這一種叢書便和北新書局脫離。稿子是我們自己的，另籌了一筆印費，就開始了。因這叢書的名目，連社名也就叫了「未名」——但並非「沒有名目」的意思，是「還沒有名目」的意思，恰如孩子的「還未成丁」似的。

未名社的同人，實在並沒有什麼雄心和大志，但是，願意切切實實的，點點滴滴的做下去的意志，卻是大家一致的。而其中的骨幹就是素園。

于是他坐在一間破小屋子，就是「未名社」裏辦事了，不過小半好像也因為他生著病，不能上學校去讀書，因此便天然的輪著他守寨。

我最初的記憶是在這破寨裏看見了素園，一個瘦小，精明，正經的青年，窗前的幾排破舊外國書，在證明他窮着也還是釘住着文學。然而，我同時又有了一種壞印象，覺得和他是很難交往的，因為他笑影少。「笑影少」原是未名社同人的一種特色，不過素園顯得最分明，一下子就能令人感得。但到後來，我知道我的判斷是錯誤了，和他也並不難于交往。他的不很笑，大約是因為年齡的不同，對我的一種特別態度罷，可惜我不能化為青年，使大家忘掉彼我，得到確證了。這真相，我想，霽野他們是知道的。

但待到我明白了我的誤解之後，却同時又發見了一個他的致命傷：他太認真；雖然似乎沈靜，然而他激烈。認真會是人的致命傷的麼？至少，在那時以至現在，可以是的。一認真，便容易趨于激烈，發揚則送掉自己的命，沈靜着，又嚙碎了自己的心。

* * *

這里有一點小例子。我們是只有小例子的。

那時候，因為段祺瑞總理和他的幫閒們的迫壓，我已經逃到廈門，但北京的狐虎之威還正是無窮無盡。段派的女子師範大學校長林素園，帶兵接收學校去了，演過全副武行之後，還指留着的幾個教員為『共產黨』。這個名詞，一向就給有些人以『辦事』上的便利，而且這方法，也是一種老譜，本來並不希罕的。但素園卻好像激起來了，從此以後，他給我的信上，有好一晌竟憎惡『素園』兩字而不用，改稱為『漱園』。同時社內也發生了衝突，高長虹從上海寄信來，說素園壓下了向培良的稿子，叫我講一句話。我一聲也不響。于是在『狂飆』上罵起來了，先罵素園，後是我。素園在北京壓下了培良的稿子，卻由上海的高長虹來抱不平，要在廈門的我去下判斷，我頗覺得是出色的滑稽，而且一個團體，雖是小小的文學團體罷，每當先是跟難時，內部是一定有人起來搗亂的，這也並不希罕。然而素園卻很認真，他不但寫信給我，敘述着詳情，還作文登在雜誌上剖白。在「天才」們的法庭上，別人剖白得清楚的麼？——我不禁長長的歎了一口氣，想到他只是一個文人，又生着病，卻這麼拚命的對付着內憂外患，又怎麼能夠持久呢。自然，這僅僅是小憂患，但在認真而激烈的個人，卻也相當的大的。

不久，未名社就被封，幾個人還被捕。也許素園已經咯血，進了病院了罷，他不在內。但後來，被捕的釋放，未名社也啟封了，忽封忽啟，忽捕忽放，我至今還不明白這是怎麼的一個玩意。

*　*　*

我到廣州，是第二年——一九二七年的秋初，仍舊陸陸續續的接到他幾封信，是在西山病院裏，伏在枕頭上寫就的，因為醫生不允許他起坐。他措辭更明顯，思想也更清楚，更廣大了，但也更使我擔心他的病。有一天，我忽然接到一本書，是布面裝訂的素園翻譯的『外套』。我一看明白，就打了一個寒噤：這明明是他送給我的一個紀念品，莫非他[redacted]已經自覺[redacted]了生命的期限了麼？

我不忍再翻閱這一本書，然而我沒有法。

我因此記起，素園的[redacted]一個好朋友也咯過血，一天竟對着素園咯起來，他[redacted]慌張失措，用了愛和憂急的聲音命令道：『你不許再吐了！』我那時卻記起了伊孛生的勃蘭特。他不是命令過去的人，[redacted]從新起來，卻並無這神力，只將自己埋在崩雪下面的麼？……

我在空中看見了勃蘭特和素園，但是我[redacted]沒有話。

* * *

一九二九年五月末，我最以為[redacted]僥倖的是自己到西山病院去，和素園談了天。他為了日光浴，皮膚被曬得很黑了，精神卻並不萎頓。我們和幾個朋友都很高興。但我在高興中，又時時夾着悲哀：忽而想到他的愛人，已由他同意之後，和別人訂了婚；忽而想到他竟連介紹外國文學給中國的一點志願，也怕難于達到；忽而想到他在這里靜卧着，不知道他自以為是在等候全愈，還是等候滅亡；忽而想到他為什麼要寄給我一本精裝的「外套」？……

壁上還有一幅陀思妥也夫斯基的大畫像。對于這先生，我是尊敬，佩服的，但我又恨他殘酷到了冷靜的文章。他佈置了精神上的苦刑，一個個拉了不幸的人來，拷問給我們看。現在他用沈鬱的眼光，凝視着素園和他的卧榻，好像在告訴我：這也是可以收在作品裏的不幸的人。

自然，這不過是小不幸，但在素園個人，是相當的大的。

*

*

*

一九三二年八月一日晨五時半，素園終于病歿在北平同仁醫院裏了，一切計畫，一切希望，也同歸于盡。我所抱憾的是因為避禍，燒去了他的信札，我只能將一本「外套」當作惟一的紀念，永遠放在自己的身邊。

自素園病殁之後，轉眼已是兩年了，這其間，對于他，文壇上並沒有人開口。這也不足為奇，他既非天才，也非豪傑，活的時候，既不過在默默中生存，死了之後，當然也只好在默默中泯沒。但對于我們，卻是值得記念的青年，因為他在默默中支持了未名社。

* * *

未名社現在是幾乎消滅了，那存在期，也並不長久。然而自素園經營以來，紹介了果戈理（N. Gogol），安特列夫（L. Andreev），陀思妥也夫斯基（F. Dostoevsky），紹介了望·藹覃（F. van Eeden），紹介了愛倫堡（I. Ehrenburg）的《煙袋》和拉夫列涅夫（B. Lavrenev）的《四十一》。還印行了《未名新集》，其中有叢蕪的《君山》，靜農的《地之子》和《建塔者》，我的《朝華夕拾》，在那時候，也都還算是相當可看的作品。事實不為輕薄陰險小兒留情，曾幾何年，他們就都已煙消火滅，然而未名社的譯作，在文苑裏卻至今沒有枯死的。

是的，但素園却並非天才，也非豪傑，當然更不是高樓的尖頂，或名園的美花，然而他是樓下的一塊石材，園中的一撮泥土，在中國第一要他多。他不入于觀賞者的眼中，只有建築者和栽植者，決不會將他置之度外。

*　*　*

文人的遭殃，不在生前的被攻擊和被冷落，一瞑之後，言行兩亡，于是無聊之徒，謬託知己，是非蜂起，既以自衒，又以賣錢，連死屍也成了他們的沽名獲利之具，這倒是值得悲哀的。現在我以這幾千字紀念我所熟識的素園，但願還沒有營私肥己的處所，此外也別無話說了。

我不知道以後是否還有記念的時候。倘止于這一次，那麼，素園，從此別了！

一九三四年七月十六之夜，魯迅記。

憶劉半農君

憶劉半農君

這是小峯出給我的一個題目。

這題目並不出得過分。半農去世，我是應該哀悼的，因為他也是我的老朋友。但是，這是十來年前的話了，現在呢，可難說得很。

我已經忘記了怎麼和他初次會面，以及他怎麼能到了北京。他到北京，恐怕是在「新青年」投稿之後，由蔡孑民先生或陳獨秀先生去請來的，到了之後，當然更是「新青年」裏的一個戰士。他活潑，勇敢，很打了幾次大仗。譬如罷，答王敬軒的雙簧信，「她」字和「牠」字的創造，就都是的。這兩件，現在看起來，自然是瑣屑得很，但那是十多年前，單是提倡新式標點，就會有一大羣人「若喪考妣」，恨不得「食肉寢皮」的時候，所以的確是「大仗」。現在的二十左右的青年，大約很少有人知道三十年前，單是剪下辮子就會坐牢或殺頭的了。然而這曾經是事實。

52

但半農的活潑，有時頗近于草率，勇敢也有失之無謀的地方。但是，要商量襲擊敵人的時候，他還是好伙伴，進行之際，暗暗的給你一刀，心口並不相應，或者他是決不會的。倘若失了算，那是因為沒有算好的緣故。

『新青年』每出一期，就開一次編輯會，商定下一期的稿件。其時最惹我注意的是陳獨秀和胡適之。假如將韜略比作一間倉庫罷。獨秀先生的是外面豎一面大旗，大書道：『內皆武器，來者小心！』但那門卻開着的，裏面有幾枝槍，幾把刀，一目了然，用不着提防。適之先生的是緊緊的關着門，門上粘一條小紙條道：『內無武器，請勿疑慮。』這自然可以是真的，但有些人——至少是我這樣的人——有時總不免要側着頭想一想。半農卻是令人不覺其有『武庫』的一個人，所以我佩服陳胡，卻親近半農。

所謂親近，不過是多談閒天，一多談，就露出了缺點。幾乎有一年多，他沒有消失掉從上海帶來的才子必有『紅袖添香夜讀書』的艷福的思想，好容易才給我們罵掉了。但他好像到處都這麼的亂說，使有些『學者』皺眉。有時候，連到『新青年』投稿都被排斥。他很勇於寫稿，但試去看舊報去，很有幾期是沒有他的。那些人們批評他的為人，是：淺。

不錯，半農確是淺。但他的淺，却如一條清溪，澄澈見底，縱有多少沈渣和腐草，也不掩其大體的清。倘使裝的是爛泥，一時就看不出牠的深淺來了；如果是爛泥的深淵呢，那就更不如淺一點的好。

但這些背後的批評，大約是很傷了半農的心的，他的到法國留學，我疑心大半就為此。我最懶於通信，從此我們就疏遠起來了。他回來時，我才知道他在外國鈔古書，後來也要標點『何典』，我那時還以老朋友自居，在序文上，說了幾句老實話，事後，才知道半農頗不高興了，『駟不及舌』，也沒有法子。另外還有一回關於『語絲』的彼此心照的不快活。五六年前，曾在上海的宴會上見過一回面，那時候，我們幾乎已經無話可談了。

近幾年，半農漸漸的據了要津，我也漸漸的更將他忘卻；但從報章上看見他禁稱「蜜斯」之類，卻很起了反感：我以為這些事情是不必半農來做的。從去年來，又看見他不斷的做打油詩，弄爛古文，回想先前的交情，也往往不免長歎。我想，假如見面，而我還以老朋友自居，不給一個「今天天氣……哈哈哈」完事，那就也許會弄到衝突的罷。

不過，半農的忠厚，是還使我感動的。我前年曾到北平，後來有人通知我，半農是要來看我的，有誰恐嚇了他一下，不敢來了。這使我很慚愧，因為我到北平以後，實在未曾有過訪問半農的心思。

現在他死去了，我對於他的感情，和他生時也並無變化。我愛十年前的半農，而憎惡他的近幾年。這憎惡是朋友的憎惡，因為我希望他常是十年前的半農，他的為戰士，即使「淺」罷，卻於中國更為有益。我願以憤火照出他的戰績，免使一群陷沙鬼將他先前的光榮和死屍一同拖入爛泥的深淵。

（八月一日。）

女书

女吊

大概是明末的王思任說的罷：「會稽乃報讐雪恥之鄉，非藏垢納汚之地！」這對于我们紹興人很有光彩，我也很喜歡聽到，或引用這兩句話。但其實，是並不的確的；這地方，無論為那一樣都可以用。

不過一般的紹興人，並不像上海的「前進作家」那樣憎惡報復，卻也是事實。單就文藝而言，他们就在戲劇上創造了一個帶復讐性的，比別的一切鬼魂更美，更強的鬼魂。這就是「女吊」。我以為紹興有兩種特色的鬼，一種是表現對于死的無可奈何，而且隨隨便便的「無常」，我已經在「朝花夕拾」裏得了紹介給全國讀者的光榮了，這回就輪到別一種。

「女吊」也許是方言，翻成普通的白话，只好說是「女性的吊死鬼」。其實，在平時，說起「吊死鬼」，就已經含有「女性的」的意思的，因為投繯而死者，向來以婦人女子為最多。有一種蜘蛛，用一枝絲掛下自己的身體，懸在空中，「爾雅」上已謂之「蜆，縊女」，可見在周朝或漢朝，自經的已經大抵是女性了，所以那時不稱牠為男性的「縊夫」或中性的「縊者」。不過一到做「大戲」或「目連戲」的時候，我們便能在看客的嘴裏聽到「女吊」的稱呼。也叫作「吊神」。橫死的鬼魂而得到「神」的尊號的，我還沒有發見過第二位，則其受民眾之愛戴也可想。但為什麼這時獨要稱她「女吊」呢？很容易解：因為在戲臺上，也要有「男吊」出現了。

我所知道的是四十年前的紹興，那時沒有達官顯宦，所以未聞有專門為人（堂會的？）的演劇。凡做戲，總帶着一點社戲性，供着神位，是看戲的主體，人們去看，不過叨光。但「大戲」或「目連戲」所邀請的看客，範圍可較廣了，自然請神，而又請鬼，尤其是橫死的怨鬼。所以儀式就更緊張，更嚴肅。一請怨鬼，儀式就格外緊張嚴肅，我覺得這道理是很有趣的。

也許我在別處已經寫過。「大戲」和「目連」，雖然同是演給神，人，鬼看的戲文，但兩者又很不同。不同之點：一在演員，前者是專门的戲子，後者則是臨時集合的Amateur——農民和工人；一在劇本，前者有許多種，後者卻好像只演一本《目連救母記》。然而開場的"起殤"，中間的鬼魂時時出現，收場的好人升天，惡人落地獄，是兩者都一樣的。

當沒有開場之前，就可看出這並非普通的社戲，為的是臺兩旁早已掛滿了紙帽，就是高長虹之所謂"紙糊的假冠"，是給神道和鬼魂戴的。所以凡內行人，緩緩的吃過夜飯，喝過茶，閒閒而去，只要看掛着的帽子，就能知道什麼鬼神已經出現。因為這戲開場較早，"起殤"在太陽落盡時候，所以飯後去看，一定是做了好一會了，但都不是精彩的部分。"起殤"者，紹興人現已大抵誤解為"起喪"，以為就是召鬼，其實是專限于橫死者的。《九歌》中的《國殤》云："身既死兮神以靈，魂魄毅兮為鬼雄"，當然連戰死者在內。明社垂絕，越人起義而死者不少，至清被稱為叛賊，我們就這樣的一同招待他們的英靈。在薄暮中，十幾匹馬，站在臺下了；戲子扮好一個鬼王，藍面鱗紋，手執鋼叉；還得有十幾名鬼卒，則普通的孩子都可以應募。我在十餘歲時候，就曾經充過這樣的義勇鬼，爬上臺去，說明志願，他們就給在臉上塗上幾筆彩色，交付一柄鋼叉，待到有十多人了，即一擁上馬，疾馳到野外的許多無主孤墳之處，環繞三匝，下馬大叫，將鋼叉用力的連連擲刺在墳墓上，然後拔叉馳回，上了我們的臺，一同大叫一聲，將鋼叉一擲，釘在臺板上。我們的責任，這就算完結，洗臉下臺，可以回家了，但倘被父母所知，往往不免挨一頓竹篠（這是紹興打孩子的最普通的東西），一以罰其帶着鬼氣，二以賀其沒有跌死，但我卻幸而從來沒有被覺察，也許是因為得了惡鬼保佑的緣故罷。

這一種儀式，就是說，種種孤魂厲鬼，已經跟着惡鬼王和鬼卒，前來和我們一同看戲了，但人們用不着擔心，他們深知道理，這一夜決不絲毫作怪。於是戲文也接着開場，徐徐進行，人事之中，夾以出鬼：火燒鬼，淹死鬼，科場鬼（死在考場裏的），虎傷鬼……孩子們也可以自由去扮，但這種沒出息鬼，願意去扮的並不多，看客也不將地當作一回事。一到『跳弔』時分——『跳』是動詞，意義和『跳加官』之『跳』同——情形的就可就大不相同了。臺上吹起悲涼的喇叭來，中央的橫梁上，原有一團布，也在這時放下，長約戲臺高度的五分之二。看客們都屏着氣，臺上就闖出一個不穿衣褲，只有一條犢鼻褌，面施幾筆粉墨的男人，他就是『男弔』。一登臺，徑奔懸布，像蜘蛛的死守着蛛絲，也如結網，在這上面鑽，挂。他用布弔着各處：腰，脅，胯下，肘彎，腿彎，後項窩……一共七七四十九處。最後才是頸子，但是並不真套進去的，兩手扳着布，將頸子一伸，就跳下，走掉了。這『男弔』最不易跳，演木連戲時，獨有這一個腳色須特請專門的戲子。那時的老年人告訴我，這也是最危險的時候，因為也許會招出真的『男弔』來。所以後臺上一定要扮一個王靈官，一手揑訣，一手執鞭，目不轉睛的看着一面照見前臺的鏡子。倘鏡中見有兩個，那麼，一個就是真鬼了，他得立刻跳出去，用鞭將假鬼打落臺下。假鬼一落臺，就該跑到河邊，洗去粉墨，擠在人叢中看戲，然後慢慢的回家。倘打得慢，他就會在戲臺上出現，就得慎重，甚鬼也還會跟住他。這搞在人叢中看自己們所做的戲，就如要人下野而念佛，或出洋游歷一樣，也正是缺少不得的儀式。

這之後，就是「跳女吊」。自然先有悲涼的喇叭；少頃，門幕一掀，她出場了。大紅衫子，黑色長背心，長髮蓬鬆，頸掛兩條紙錠，垂頭，垂手，彎彎曲曲的走一個全臺，內行人說：這是走了一個「心」字。為什麼要走「心」字呢？我不明白。我只知道她何以要穿紅衫。看王充的《論衡》，知道漢朝的鬼的顏色是紅的，但再看後來的文字和圖畫，卻又並無一定的顏色，而在戲文裏，穿紅的則只有這「吊神」。意思是很容易了然的；因為她投繯之際，準備作厲鬼以復仇，紅色較有陽氣，易於和生人相接近，……紹興的婦女，至今還偶有搭掛穿紅之後，這才上吊的。自然，自殺是卑怯的行為，鬼魂報讐更不合於科學，但那些都是愚婦人，連字也不認識，敢請「前進」的文學家和「戰鬥」的勇士們不要十分生氣罷。我真怕你們要變呆鳥。

她將披着的頭髮向後一抖，人這才看清了臉孔：石灰一樣白的圓臉，漆黑的濃眉，烏黑的眼眶，猩紅的嘴唇。聽說浙東的有幾府的戲文裏，吊神又拖着幾寸長的假舌頭，但在紹興沒有。不是我袒護故鄉，我以為還是沒有好；那麼，比起現在將眼眶染成淡灰色的時式打扮來，可以說是更徹底，更可愛。不過下嘴角應該略略向上，使嘴巴成為三角形：這也不是醜模樣。假使半夜之後，在薄暗中，遠處隱約着一位這樣的粉面朱唇，就是現在的我，也許會跑過去看看的，但自然，卻未必就被誘惑得上吊。她兩肩微聳，四顧，傾聽，似驚，似喜，似怒，終于發出悲哀的聲音，慢慢地唱道：

「奴奴本是楊家女，
呵呀，苦呀，天哪！……」

下文我不知道了。就是這一句，也還是剛從克士那里聽來的。但那大略，是說後來去做童養媳，備受虐待，終于弄到投繯。唱完就聽到遠處的哭聲，這也是一個女人，在銜冤悲泣，準備自殺。她萬分驚喜，要去「討替代」了，卻不料突然跳出「男吊」來，主張應該他去討。他們由爭論而至動武，女的當然不敵，幸而王靈官雖然臉相並不漂亮，卻是熱烈的女權擁護家，就在危急之際出現，一鞭把男吊打死，放女的獨去活動了。老年人告訴我說：古時候，是男女一樣的要上吊的，自從王靈官打死了男吊神，才少有男人上吊；而且古時候，是身上有七七四十九處，都可以吊死的，自從王靈官打死了男吊神，致命處才只在頸子上。中國的鬼有些奇怪，好像是做鬼之後，也還是要死的，那時的名稱，紹興叫作"鬼裏鬼"。但男吊既然早被王靈官打死，為什麽現在"跳吊"，還會引出真的來呢？我不懂這道理，問問老年人，他們也講不明白。

而且中國的鬼還有一種壞脾氣，就是"討替代"，這才完全是利己主義；倘不然，是可以十分坦然的和他們相處的。習俗相沿，雖女吊不免，她有時也單是"討替代"，忘記了復讐。紹興煮飯，多用鐵鍋，燒的是柴或草，煙煤一厚，火力就不靈了，因此我們就常在地上看見刮下的鍋煤。但一定是散亂的，凡村婦，誰也決不肯省些力，把鍋子伏在地上，團團一刮，使煙煤落成一個黑圈子。這是因為吊神誘人的圈套，就用煤圈鍊成的緣故。散掉煙煤，倒是消極的抵制，不過為的是反對"討替代"，並非因為怕她去報讐。被壓迫者即使沒有報復的毒心，也決無被報復的恐懼，只有明明暗暗，吸血吃肉的兇手或其幫閑們，這才贈人以"犯而勿校"或"勿念舊惡"的格言，——我到今年，也愈加看透了這些人面東西的秘密。

（九月十九——二十日。）

關于太炎先生二三事

關于太炎先生二三事

前一些時，上海的官紳為太炎先生開追悼會，赴會者不滿百人，遂在寂寞中閉幕，于是有人慨歎，以為青年們對于本國的學者，竟不如對于外國的高爾基的熱誠。這慨歎其實是不得當的。官紳集會，一向為小民所不敢到；況且高爾基是戰鬥的作家，太炎先生雖先前也以革命家現身，後來卻退居于寧靜的學者，用自己所手造的和別人所幫造的牆，和時代隔絕了。紀念者自然有人，但也許將為大多數所忘卻。

我以為先生的業績，留在革命史上的，實在比在學術史上還要大。回憶三十餘年之前，木板的《訄書》已經出版了，我讀不斷，當然也看不懂，恐怕那時的青年，這樣的多得很。我的知道中國有太炎先生，並非因為他的經學和小學，是為了他駁斥康有為和作鄒容的《革命軍》序，竟被監禁于上海的西牢。那時留學日本的浙籍學生，正辦雜誌《浙江潮》，其中即載有先生獄中所作詩，卻並不難懂。這使我感動，也至今並沒有忘記，現在抄兩首在下面——

獄中贈鄒容

鄒容吾小弟，被髮下瀛洲。快剪刀除辮，乾牛肉作餱。英雄一入獄，天地亦悲秋。臨命須摻手，乾坤祗兩頭。

獄中聞沈禹希見殺

不見沈生久，江湖知隱淪，蕭蕭悲壯士，今在易京門。螭魅羞爭焰，文章總斷魂。中陰當待我，南北幾新墳。

一九〇六年六月出獄，即日東渡，到了東京，不久就主持『民報』。我愛看這『民報』，但並非為了先生的文筆古奧，索解為難，或說佛法，談『俱分進化』，是為了他和主張保皇的梁啟超鬬爭，和『　　　』的　　鬬爭，和『以「紅樓夢」為成佛之要道』的　　　鬬爭，真是所向披靡，令人神旺。前去聽講也在這時候，但又並非因為他是學者，卻為了他是有學問的革命家，所以直到現在，先生的音容笑貌，還在目前，而所講的《說文解字》，却一句也不記得了。

民國元年革命[redacted]後，先生的所志已達，該可以[redacted]大有作為了，然而還是不得志。這也是和高爾基的生受崇敬，死備哀榮，截然兩樣的。我以為兩人遭遇的所以不同，其原因乃在高爾基先前的理想，後來都成為[redacted]事實，他的一身，就是大眾的一體，喜怒哀樂，無不相通；而先生則排滿之志雖伸，但視為最緊要的“第一是用宗教發起信心，增進國民的道德；第二是用國粹[redacted]激動種姓，增進愛國的熱腸”（見《民報》第六本），[redacted]却僅止于[redacted]高妙的幻想；[redacted]不久而袁世凱又攘奪國柄，以遂私圖，就更使先生[redacted]失却實地，僅垂空文，至于今，惟我們的“中華民國”之稱，尚係發源于先生的“中[redacted]華民國解”，為[redacted]最先見諸[illegible]大的記念而已，然而知道這一[redacted]重公案者，恐怕也已經不多了[redacted]。既離民眾，漸入頹唐，後來的參與投壺，接收饋贈，遂每為[redacted]論者所不滿，但這也不過白圭之玷，並非晚節不終。考其生平，以大勳章作扇墜，臨總統府之門，大詬袁世凱的包藏禍心者，並世無第二人；七被追捕，三入牢獄，而革命之志，終不屈撓者，並世亦無第二人：這才是先哲的精神，後生的楷範。近有文儈，勾結小報，竟也作文奚落先生以自鳴得意，真可謂「小人不欲成人之美」，而且「蚍蜉撼大樹，可笑不自量」了！

但革命之後，先生亦漸為昭示後世計，自藏其鋒鋩。浙江所刻的《章氏叢書》，是出於手定的，大約以為駁難攻訐，至於忿詈，有違古之儒風，足以貽譏多士的罷，先前的見於期刊的鞭撻權威的戰鬪的文章，竟多被刊落，上文所引的詩兩首，亦不見於《詩錄》中。一九三三年刻《章氏叢書續編》於北平，所收不多，而更純謹，且不取舊作，當然也無鬪爭之作，先生遂身衣學術的華衮，粹然成為儒宗，執贄願為弟子者綦眾，至於倉皇製《同門錄》成册。近閱日報，有保護版權的廣告，有三續叢書的記事，可見又將有遺著出版了，但補入先前戰鬪的文章與否，卻無從知道。戰鬪的文章，乃是先生一生中最大，最久的業績，假使未備，我以為是應該一一輯錄，校印，使先生和後生相印，活在戰鬪者的心中的。然而此時此際，恐怕也未必能如所望罷，嗚呼！

（十月九日。）

鲁迅与陈师曾——从鲁迅《朝花夕拾》缺写第十一篇说起

(代后记)

黄乔生

一

《朝花夕拾》是鲁迅1926年所作十篇『回忆的记事』[1]的结集，前五篇写于北京，后五篇写于厦门。最初以『旧事重提』为总题，于同年全部发表于《莽原》半月刊。1927年7月，鲁迅在广州添写『小引』和『后记』，编集并定名为《朝花夕拾》。1928年9月由北京未名社收入『未名新集』印行，1929年2月再版，1932年9月由上海北新书局重排印行第三版。陶元庆设计封面。

《朝花夕拾》是有计划、成系统的作品。此前，鲁迅的两部小说集《呐喊》和《彷徨》，事先并无总体规划，编集时按写作时间的先后顺序排列，鲁迅根据全部作品的总体倾向和他当时的心绪酌定的书名不一定能涵盖所有篇目，实际上，『呐喊』中有『彷徨』，『彷徨』中也有『呐喊』[2]。

1924年到1926年，鲁迅经历种种公共和私人生活危机，但创作力颇为旺盛，除小说外，还计划写作两部连续性的成系统作品：散文诗集《野草》和回忆记《朝花夕拾》，前者全部完成于北京，后者在北京、厦门各写作一半。两部作品在发表时都有总题，读者从《语丝》上读到『野草之一』『野草之N』，就明白是『未完待续』，只是一开始和中途没有预告全部有多少篇。《野草》结集出版时题名未变，而在《莽原》上所连载的记述从孩童到留学归国经历的『旧事重提』，成书时叫《朝花夕拾》，取自《离骚》『朝饮木兰之坠露兮，夕餐秋菊之落英』，诗意盎然。

既然是创作之初就有了规划，那么写多少篇，写什么题材，作者本人心中应该大致有数。较之捕捉情感思绪、讲述人生『哲学』的《野草》，《朝花夕拾》应该更有步骤，更有计划性，因为是按时序讲述从童年到青年的人生，可以选取一些重要场景、人物和事件，如童年的喜欢养小动物，与长妈妈的『恩怨』，少年时代私塾读书场景，青年时期的新式学堂学习和日本留学生活，以及辛亥革命前后与老友在生活中的希望和失望等，串连出一部青少年时期的传记。

熟悉鲁迅生平的读者，在阅读《朝花夕拾》时，可能感到有些大事件和重要人物阙如，如祖父周福清，是鲁迅少年时期追慕和学习的榜样，『旧事重提』却几乎不着一笔；青年守寡的母亲含辛茹苦养育三个儿子，竟没有单独写一两篇，而只一两笔顺带提及。其理由，除了祖父因为犯罪为家族带来负面影响，鲁迅不愿涉笔外，还有鲁迅选择写作对象的一个重要标准是健在的人不写或不多写。母亲和两个弟弟健在，刚刚失去和睦的二弟不能写也不愿写。日本留学时期一起从事文学运动的朋友，许寿裳是最亲密的一个，且一直保持联系，自然不能写。章太炎先生对鲁迅的影响比较大，1926年仍活跃在文化学术界，也不能写，直到1936年章太炎去世，鲁迅才写了《关于太炎先生二三事》《因太炎先生而想起的二三事》。因为父亲早逝，因此才有《父亲的病》；藤野先生虽然健在，但鲁迅自仙台退学后，便与之失去联系，所以也为之写了专篇。

如此一来，值得一提的『旧事』或故人就有不小的限制。鲁迅的交游远不止上述，会不会还有一些题材鲁迅计划写而没有来得及写？

鲁迅在厦门写的第一篇『旧事重提』是《从百草园到三味书屋》，发表时标为『之六』，写作时间是1926年9月18日。1926年10月7日，鲁迅写成第七篇《父亲的病》后，致信韦素园道，『今寄上《莽原》稿一篇，请收入』，『《旧事重提》我还想做四篇，尽今年登完，但能否如愿，也殊难说，因为在此琐事仍然多』[3]。从字面来判断，《父亲的病》后面应该还有四篇，也就是说，计划总数是十一篇。1926年10月12日，鲁迅写完《藤野先生》（之九），三天后在给许广平的信中谈及自己写作、教学及控制抽烟等情况说：『少吸烟卷，……但近几天可又多吸了一点，因为我连做了四篇《旧事重提》。这东西还有两篇便完，拟下月再做，从明天起，又要编讲义了。』[4]然而，写完《范爱农》后，他致信韦素园宣布终止：『《旧事重提》又做了一篇，今寄上。这书是完结了。』[5]次日给韦素园的信也说：『《坟》的序，跋；《旧事重提》第十（已完），俱已寄出，想必先此信而到了。』[6]1926年12月8日致韦素园信中的一段可视为最终决定：『《范爱农》一篇，自然还是登在24期上，作一结束。』[7]

可见，鲁迅确实有计划写作第十一篇，却仓促地以第十篇收束，这个问题有研究者也注意到并提出[8]。推测起来，《朝花夕拾》的写作计划应该是鲁迅在北京就拟定的，到厦门大学任教后，因为编写讲义和上课而忙碌起来，『旧事重提』的写作进入赶工状态，不到两个月时间写了四篇。

那么，鲁迅未能写出的一篇究竟会是什么题材呢？会不会像是第十篇《范爱农》一样，写一位『故人』？

我最近阅读关于鲁迅从北京开始写作『旧事重提』系列，至厦门完成《朝花夕拾》再到出版过程中的相关材料，觉得或有这样一种可能：第十一篇要写他青年时代的同学、教育部的同事陈师曾。

陈师曾（1876—1923，名衡恪，字师曾）符合鲁迅写入《朝花夕拾》人物序列的标准——故去的亲密朋友。陈师曾曾在南京江南陆师学堂附设的矿务铁路学堂学习，与鲁迅同学。1902年，他们一起去日本留学，进入弘文学院，鲁迅官费，陈师曾自费。陈封可撰写的《陈衡恪传略》叙述其留日后经历道：

及长，游学日本，毕业东京高等师范学校博物科。归国后，历任南通、长沙师范学校教员。民国二年秋，教育部聘为编审，复兼任北京高等师范学校及美术学校博物图画科教授。君精于书画，善刻印，海内外治艺术者，争推重之。岁癸亥，以继母俞太孺人寝疾，溽暑驰归金陵，亲侍汤药。竟于是年八月初七日哀毁致病卒，得年四十有八。散原先生自撰传状以伤之。[9]

散原先生是陈衡恪之父陈三立的别号。陈师曾是1923年9月17日在南京去世的，鲁迅时在北京，所以没有参加葬礼。鲁迅日记中的『陈师曾讣来，赙二元』[10]是当年年底的事，距陈师曾逝世已经过去几个月。推想起来，讣文应为陈师曾追悼会所发。鲁迅在陈师曾去世的9月没有亲赴灵堂吊唁可以理解，但年底在宣武门外江西会馆举行的陈师曾追悼会，他也没有参加，而只送了奠仪。据新闻报道，追悼会十分隆重，发起人和主持者为梁启超等，到者二百多人。一般的推测是，鲁迅当时刚与周作人决裂，从西直门八道湾十一号住宅搬到西四砖塔胡同六十一号租房暂居，身体不好，又要上班、教书，还要四处找房，可能无暇顾及。

但长期的友情，是不会轻易放下的。没有参加追悼会，没有留下文字纪念，鲁迅内心可能留存了一个歉疚。1924年4月，鲁迅搬入新居，生活趋于稳定。5月3日，他开始购买陈师曾的遗著：『上午往留黎厂买《师曾遗墨》第一、第二集各一册。』《陈师曾先生遗墨》共十集十二册，京华印书局制版，线装大本，深蓝色封面，北京琉璃厂淳菁阁集印，1924年2月至1927年5月间出版。1924年8月16日，鲁迅买到第三集；1925年2月10日往琉璃厂买了第四集，7月15日购入第五、六集；1926年5月28日在琉璃厂得第七集至第十集[11]。鲁迅持续追踪购买陈师曾遗墨，除重视友情，珍藏作为纪念外，当然也是为了对陈师曾的著述特别是美术创作做一个全面、系统的了解。

但到厦门后，鲁迅却未能写出《陈师曾》，是为什么呢？

首先排除的理由是没有时间。鲁迅虽然一面要为北京的《莽原》供稿，一面要专心编写讲义和上课，不免分心，但他过着单身生活，极少应酬和娱乐活动，写作时间不会比在北京时少。

其次，不能以写作状态不佳为借口。他1926年12月8日给朋友的书信中的确对自己初到厦门的写作状态不满：『此间百事须自己经营，繁琐极了，无暇思索；译呢，买不到一本新书，没有材料。这样下去，是要淹死在死海里了……』[12]但这样的牢骚话也许适合用来作为他少写现实批判类文字的理由。厦门缺少现实刺激，生活单调，风景也少变化，如他在给友人的信中所说：『此地初见虽然像有趣，而其实却很单调，永是这样的山，这样的海。便是天气，也永是这样暖和；树和花草，也永是这样开着，绿着。我初到时穿夏布衫，现在也还穿夏布衫，听说想脱下它，还得两礼拜。』[13]这样的天气和生活状态不是正好可以坐下来写『旧事重提』之类回忆文字吗？一个多月内写了四篇，说明写作状态不差。

那么，是不是因为『未名新集』要尽快出版等不及？这是第三个要排除的理由。鲁迅是未名社的灵魂人物，是『未名新集』的主编，丛书出版进度自在掌控之中；再说，他的著作和文章是同人编辑丛书和刊物的重要支撑，北京的编辑们欢迎、期待之至。《莽原》随时等待鲁迅的文章，没有版面的限制和时间紧迫的压力。

如此，就只剩下题材有难度一项了。

陈师曾自画像

二

鲁迅与陈师曾交往的材料很多，单是出现在鲁迅日记中的就有几十条。如果不是鲁迅早期日记丢失，南京、日本时期的交往次数不知道还有多少。

陈师曾5岁丧母，6岁开始学画，1890年在长沙师从尹和伯，1894年在湖北从周大烈习文学，跟随南通诗人范当世的弟弟范仲霖学习魏碑、汉隶，同年冬与范当世之女孝嫦结婚。1898年考入南京陆师学堂附设的矿路学堂，与鲁迅同班（鲁迅次年2月正式从水师学堂转入）。时任陆师（兼矿路）学堂总办的俞明震主张学习日本教育体制，曾到日本考察，并接待来中国考察的日本教育家嘉纳治五郎，后来还曾亲率陆师学生赴日留学，先是在嘉纳治五郎为中国留学生开办的日语速成学校弘文学院学习，鲁迅和陈师曾就同在1902年中的一批，同船赴日，与张协和、伍习之和顾石臣等同班。据与鲁迅、陈师曾同住一个寝室、共用一间自修室的沈瓞民回忆：他们『商量推敲文字，渴求新知；有时共抒雄图，志在光复；有时浊醪痛饮，高歌「狂论」。都算得风姿英发』。沈瓞民回国后，曾有诗《柬豫才兼示师曾》寄回：『东亚风云起，吾曹效力时。救亡纾上策，游说竭微辞。难醒人间醉，空劳别后思。栽培芳草绿，原上看离离！』[14]

鲁迅和陈师曾均于1909年回国，在家乡从事教育工作。陈师曾在江西教育司任职，随后受聘在南通的师范学校和中学担任博物学教员，并在南通博物苑兼职。1913年任长沙第一师范教员，1914年到北京教育部，与鲁迅成了同事。

鲁迅日记第一次出现与陈师曾来往的记录是1914年1月13日『得陈师曾室汪讣，与许季上、钱稻孙合制一挽送之』[15]，而最后一次记录是1923年下半年收到讣闻。从1914年至1923年，鲁迅日记中两人交往的记载有七十多处，其中以1914年至1918年为多，尤以1915年至1916年为频繁，活动内容主要是聚餐、逛街、购物、访友以及互访和互赠礼物等。

鲁迅和陈师曾虽然分属教育部两个司，但有时候会一起参加部办活动。如1914年教育部举办了全国儿童艺术品展览会，结束后，鲁迅和陈师曾负责挑选优秀作品出国展览：据鲁迅日记，6月2日『与陈师曾就展览会诸品物选出可赴巴那马者饰之，尽一日』[16]。

他们的共同爱好是搜集金石拓片，日记中此类记载不胜枚举。如1914年6月9日『午后陈师曾贻三叶虫僵石一枚，从泰山得来』[17]。当时鲁迅周边有一个金石拓本搜集研究小组，陈师曾也是其中的重要成员。1914年7月3日鲁迅日记的『午同陈师曾往钱稻孙寓看画帖』[18]可以作为一个代表性的记载——钱稻孙也是成员之一。他们之间互赠书籍、拓本的记载很多，如1915年1月19日，鲁迅赠送陈师曾《百喻经》一册；3月18日『赠陈师曾《建初摩厓》《永明造象》拓本各一分』；10月得『师曾赠「后子孙吉」专拓本二枚，贵筑姚华所藏』；11月16日陈师曾到鲁迅住处看汉画像拓本；12月7日『午后由师曾持去《往生碑》拓本一枚与梁君』，18日『师曾赠《爨龙颜碑》拓本一枚』等[19]。

陈师曾到京时已是有名的画家，在交往中赠送鲁迅画作自然不在话下。1914年12月10日鲁迅日记记载『陈师曾为作山水四小帧，又允为作花卉也』，这四帧山水是《松声》《幽篁古木》《西山小景》《秋山欲雨》，描绘北京西山秋景；1915年2月2日陈师曾持赠去年年底允诺的『冬华四帧』：《牡丹》《水仙》《红梅》《天竹》，每帧都有题诗；1917年1月26日『师曾赠自作画一枚』，鲁迅将这幅画转送了周作人；1921年1月10日，鲁迅又向陈师曾『索画一帧』，这幅画绘的是『两重茅屋闲临水，一带寒林远见山』诗意[20]。

鲁迅日记中记录两人交往时用『索』『捕』等含有『逼迫』意思的字眼，颇能说明他们之间关系的亲密程度。如1915年4月8日『托陈师曾写《会稽郡故书杂集》书衣一叶』，或者是要求立刻写就、拿走，或者是请陈师曾写好第二天拿到教育部，因为第二天鲁迅日记记载『上午寄二弟信并师曾所写书衣一叶』。又过一天，鲁迅『得钱中季信并《会稽故书杂集》书面一叶』[21]。原来，鲁迅托钱玄同为该书题签，因钱玄同迟迟不交稿，只好转请陈师曾书写，应该是绍兴要刻板印刷，来信催促甚急。鲁迅因此对钱玄同颇为不满。1933年12月27日，鲁迅在给台静农的信中谈到请人为《北平笺谱》题签事宜时对钱玄同表达不满道：『至于不得托金公执笔，亦诚有其事，但系指书签，盖此公夸而懒，又高自位置，托以小事，能拖延至一年半载不报，而其字实俗媚入骨，无足观，犯不着向悭吝人乞烂铅钱也。』[22]相比之下，还是陈师曾靠得住。再如，1916年6月22日，鲁迅称『上午铭伯先生来属觅人书寿联，携至部捕陈师曾写讫送去』[23]，一个『捕』字写照传神。

篆刻是陈师曾的强项，鲁迅自然近水楼台先得月。1915年6月14日，《会稽郡故书杂集》（署名周作人）付刻前不久，陈师曾赠给鲁迅小铜印一枚，文曰『周』，周氏兄弟都可以用，应该是为该书而刻[24]。陈师曾为鲁迅篆刻印章，是两人交往过程中的一项系统工程，是长期深厚友谊的实证。1915年9月8日鲁迅日记记载，『陈师曾刻收藏印成，文六，曰「会稽周氏收臧」』；29日『陈师曾为刻名印成』，不但刻名章，还刻收藏印，大有配备齐全的意思[25]。其中鲁迅斋号印『俟堂』还留下一段佳话。许寿裳曾询问『俟堂』的含义，鲁迅回答说：『因为陈师曾（衡恪）那时送我一方石章，并问刻作何字，我想了一想，对他说，你叫做槐堂，我就叫俟堂罢。』[26]揣摩上下文语气，陈师曾的斋号已经用了『槐堂』，鲁迅只好用另外的树木作斋号，很可能是北京民居里常见的柿树。但可能是觉得『柿堂』作斋号不好听，就把『柿』改作『俟』。鲁迅在《新青年》上发表文章，按编辑的要求署名必须是或像一个真人名，就把这个斋号颠倒过来叫作『唐俟』[27]，字面意思是『等待』。钱玄同有一个时期给鲁迅写信，称呼他『待斋兄』，即由『唐俟』演绎而来。

陈师曾还为周作人刻印，如1915年8月11日『师曾为二弟刻名印一，放专文，酬二元』。鲁迅注重礼仪，尊重老友的艺术才能和劳动，常委托陈师曾购买石料并刻印，付给报酬。如1915年8月7日鲁迅日记记载『师曾为代买寿山印章三方，共直五元，季上分去一块』，14日『师曾代购印章三块，直四元五角』，9月3日『托师曾刻印，报以十银』。

到了1919年，新文化运动已经蓬勃开展，也许因为两人的文化理念有所不同，也许因为陈师曾因家事请假到外地，鲁迅日记记录的两人交往大

鲁迅藏陈师曾《山水》

大减少。

尽管鲁迅对陈师曾很熟悉，为写作做了准备甚至还可能有了腹稿，却终于没有写出来。

三

值得注意的是，鲁迅曾计划使用陈师曾的绘画作为《朝花夕拾》初版的封面。

1927年初，鲁迅到广州后开始筹划《朝花夕拾》的出版，结集、排印、校勘等事务，弟子服其劳，很快就在北京成形了。

鲁迅自己为该书设计了扉页，上有手写书名『朝花夕拾十篇』，而不是『朝花夕拾』四个字。在书名上缀上篇数，不符合常例，而特别强调『十篇』，似乎耿耿于怀，应该不是因为『十全十美』的『十』字好听、吉利（他此前在《论雷峰塔的倒掉》中讽刺过『十景病』，后来在《『这也是生活……』》中又批评『十全大补』），也不是为了申明篇幅颇不短的后记不算一篇文章，而可能会有这样的意思：本来还有一篇的，不能写出来真是遗憾，然而无法可想，就这样以十篇出版吧。

图书的封面设计并非鲁迅所擅长，还需敦请专家。这个过程一波三折。1927年9月25日鲁迅给李霁野、台静农的信中谈及封面设计，想委托正在为《小约翰》设计封面的孙福熙（字春苔，鲁迅日记写作春台），但遇到一些困难：『书面的事，说起来很难，我托了几个人，都无回信。本地，是无法可想的，似乎只能画一个军人骑在马上往前跑。就是所谓「革命！革命！」《朝花夕拾》我托过春台，没有画来，他与北新闹开，不知怎的和新月社去联合了。让我再想一想看。』[28]可见，鲁迅是想请孙福熙做设计，让《朝花夕拾》封面与他所重视的《野草》《小约翰》的封面同出一手。尽管孙福熙与新月社亲近，让鲁迅略有些踌躇，但在10月4日的信中，仍申前议：『此书（指《小约翰》）封面及《朝花夕拾》书面，已托春台去画，成后即寄上。于书之第一页后面，希添上「孙福熙作书面」一行。』[29]十天后，他又给两位同人去信说：『《小约翰》及《朝花夕拾》两书面，本拟都托春台画，但他现在生病，所以只好先托其画《小约翰》的一张，而今尚未成（成后即寄上）。《朝花夕拾》第一页的后面，且勿印「孙福熙作书面」字样。』[30]20日，事情又有了转机，鲁迅写信给李霁野说：『孙春台病已愈，《朝花夕拾》封面已将开始绘画。书之第一页后可以印上「孙福熙作书面」字样了。』[31]然而，直到1928年1月，封面设计进展仍不顺利，大概孙福熙的病没有痊愈，或者还有其他原因。因此，鲁迅才不得不另想办法，写信给李霁野说：『但书面我想不再请人画。瑠璆厂淳菁阁（？）似乎有陈师曾画的信笺，望便中给我买几张（要花样不同的）寄来。我想选一张，自己写一个书名，就作为书面。』[32]李霁野照办。但从同年2月26日鲁迅写给李霁野的信可知，这个办法行不通：『昨天将陈师曾画的信纸看了一遍，无可用。我以为他有花卉，不料并无。只得另设法。』[33]最终，鲁迅求助于同乡小友陶元庆。鲁迅3月31日给李霁野的信中说：『《朝花夕拾》封面，今天陶君已画来，但系三色，怕北京印不好，便托他去印，计二千，成即寄上。……该书第一页上，望加上「陶元庆作书面」字样。』[34]

鲁迅曾起意用陈师曾的画做封面图案，颇让人意外。孙福熙、陶元庆几乎是鲁迅书籍封面的专聘设计师。陈师曾的设计风格并不适合鲁迅的『新文学』著作。鲁迅想用陈师曾绘画做封面，可能是因为想起他在东京时期出版的《域外小说集》和在绍兴由周作人经手刻印的《会稽郡故书杂集》均由陈师曾题写书名，但更可能是出于这样的考虑：因为『旧事重提』拟写陈师曾的计划没有实现，遂用封面设计的方式寄托怀念之情。

可惜，这退而求其次的办法仍然没有实现。如果当时市面上有售陈师曾所绘花卉图案笺纸，鲁迅用来作了封面，读者拿起《朝花夕拾》就会自然而然地联想到鲁迅与陈师曾的亲密关系。

四

『旧事重提』最后两篇《藤野先生》《范爱农》，都以人名为篇名。陈师曾与鲁迅的交往比范爱农、藤野先生与鲁迅交往更早，来往更多，写入《朝花夕拾》，顺理成章。可写材料丰富乃至太多，不应成为没有写成的原因，以简练笔法处理繁复素材，鲁迅拿手当行。

难点在于写人：画虎难画骨，写人难写神。鲁迅写人，要好、坏都写。不会是平铺直叙，而要写出人的特点乃至癖好。特点或癖好，不会是都让人

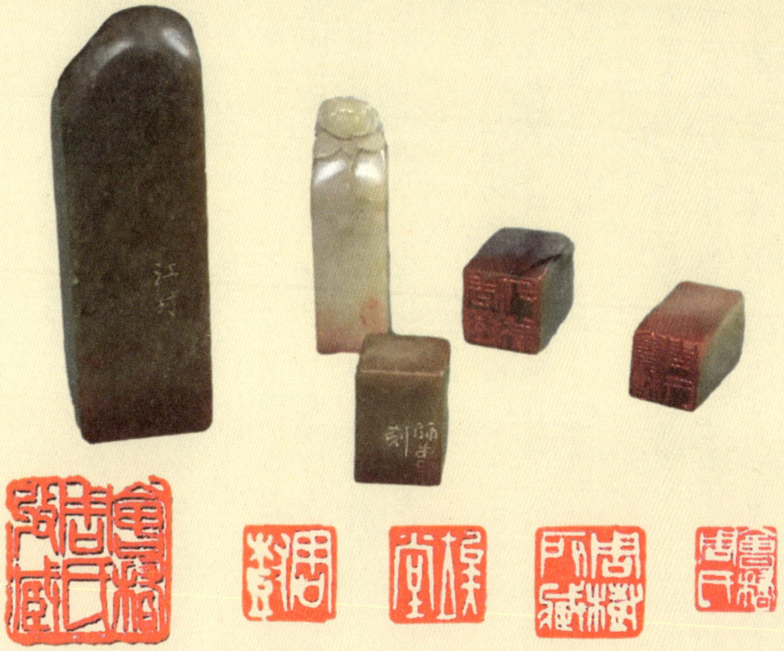

陈师曾为鲁迅篆刻印章

钦佩喜爱的。鲁迅在与陈师曾的交往过程中，留下的当然不都是好印象。实际上，一开始，鲁迅对陈师曾的印象可能不佳，与结识范爱农的过程有些相像。陈师曾是总办（校长）俞明震的外甥，因此在矿路学堂受到一般学生的轻蔑和嘲笑。周作人在《鲁迅的故家》中说：

（陈师曾）不知怎的为他们所歧视，送给他一个徽号叫作『官亲』。及至矿路班毕业，选送日本留学，师曾也一同自费出去，这个歧视才算解除……[35]

鲁迅在《范爱农》一文的开篇写他和范爱农因为要不要拍电报给清政府抗议其虐待徐锡麟而发生争吵，起势奇崛，很吸引读者。假设《陈师曾》先从矿路学堂生活的某个场景写起，倒是一个不错的切入点：同学们少不更事，因为对官僚作风、裙带关系的愤恨，迁怒于世家子弟、总办外甥，后来看到陈师曾并没有利用公款留学，大家对自己的鲁莽行为感到悔恨，又了解变法的内情和陈家两代人受到的不公正待遇，态度有所好转，关系转趋亲密。其实，鲁迅自己到南京进入水师学堂和矿路学堂，也是托了本家叔祖的关系，在校期间得到不少关照，虽然因个人成绩好通过考试，又获得官费留学的机会，但入学时不能不说是走了一点儿捷径，则其议论陈师曾、俞明震甥舅关系，不过是五十步笑百步。当然，鲁迅也有很大概率不写这个情节——此种怨愤和悔恨，究以不提为好。鲁迅的祖父和陈师曾的祖父，一个因科场案被判刑，一个因为支持变法被革职，性质是大不相同的。在清末民初的语境中，比较起来，其实是鲁迅更觉难堪。

当然，这些都是推论，鲁迅写起来对这些情节或者有更高明的处理办法。但究竟如何，是无从揣测了。

怀人文章中写人物的缺点，是为了衬托人物的优点。《朝花夕拾》中的阿长、藤野先生等，也都有『缺点』或『滑稽可笑』之处，不是所谓『十全十美』的人物。阿长唠叨、迷信，但鲁迅怀念她的淳朴，怜悯她的命运；范爱农性情孤傲、倔强，入场难以与人合作；藤野也有固执、迂阔、不修边幅等特点。

写人物，不但要写出特点，更要进行评价。虽然鲁迅写的是个人的印象和意见，但因为他本人是有影响力的人物，他的品评自有较大的影响，甚至会引起争论。这一点在鲁迅于20世纪30年代发表《忆刘半农君》和《关于太炎先生二三事》时体现得比较明显。《忆刘半农君》中叙述北大同事和《新青年》同人看不起刘半农：『所谓亲近，不过是多谈闲天，一多谈，就露出了缺点。几乎有一年多，他没有消失掉从上海带来的才子必有「红袖添香夜读书」的艳福的思想，好容易才给我们骂掉了。但他好像到处都这么的乱说，使有些「学者」皱眉。有时候，连到《新青年》投稿都被排斥。他很勇于写稿，但试去看旧报去，很有几期是没有他的。那些人们批评他的为人，是：浅。』周作人对鲁迅文章中用『浅』字揭示刘半农的学问、品格深表不满，虽然后文鲁迅对这个评价做了辨正：『不错，半农确是浅。但他的浅，却如一条清溪，澄澈见底，纵有多少沉渣和腐草，也不掩其大体的清。倘使装的是烂泥，一时就看不出它的深浅来了；如果是烂泥的深渊呢，那就更不如浅一点的好。』[36]但也许在周作人看来，既然说『浅』，就至少意味着没有什么深邃的学问，更无论这个『浅』可能指的是性格浮浅或见识浅薄。『浅』有褒义、贬义或中性义的可能性暂且不论，鲁迅还在文章中明确批评刘半农：『从去年来，又看见他不断的做打油诗，弄烂古文，回想先前的交情，也往往不免长叹。』尽管鲁迅接着补充解释说『这憎恶是朋友的憎恶，因为我希望他常是十年前的半农，他的为战士，即使「浅」罢，却于中国更为有益』。几番曲折，固然显示了收放自如的文法，但也许在周作人看来，是说了刘半农不少『坏话』，『其言不善』，便在怀念文章《半农的回忆》中写诗表达不满道：『漫云一死恩仇泯，海上微闻有笑声。空向刀山长作揖，阿旁牛首太狰狞。』并追加一两句影射鲁迅的话：『半农是我的老朋友之一，我很悼惜他的死。在有些不会赶时髦结识新相好的人，老朋友的丧失实在是最可悼惜的事。』[37]

鲁迅对章太炎的评价非常经典，强调章太炎的革命精神和反抗行动。这固然是令人神往的，但也不免让人觉得有所偏向。历史人物能不能站得住，主要看贡献，哪怕是小学、文章、思想上的些微创见，都有价值，值得表彰，单靠一种所谓的精神、斗志、气节，是容易坠入虚空的。鲁迅说章太炎『战斗的文章，乃是先生一生中最大，最久的业绩』，固然不错，但说『直到现在，先生的音容笑貌，还在目前，而所讲的《说文解字》，却一句也不记得了』，让人感觉偏执和绝对[38]。当然，鲁迅不是在写悼词或碑文，而是写个人主观感受，是正面赞扬甚至献上溢美之词，还是有好说好有坏说坏，自有主张和坚守。

具体到写陈师曾这位老朋友，鲁迅可能有些踌躇。他对同辈陈师曾及其所生活的时代——清末民初——不好评价，如果写出来，想来是负面用语较多，甚至牢骚很盛。《范爱农》叙事的结束是在辛亥革命前后，鲁迅对中国政局、家乡前途已经收获了一个大大的失望。但毕竟过去了十多年，其中的人物如王金发等，批评乃至诅咒自无不可。而鲁迅与陈师曾交往密切主要是在北洋政府时期，自己虽然已经从中脱离，蛰居南方海岛，与当局不在一个政坛，却仍与读书人同在一个文坛。骂骂当局，嘲笑一番袁世凯称帝、张勋复辟是不会有麻烦的，但已经过去好多年，再写就是闲笔了。其他人事，就颇为复杂也更为敏感。刚到厦门大学教书就感到不适应的鲁迅，还不能确定自己将来到哪里生活——也许还要回到北京——用什么样的笔墨写那些故旧，很费思量。其时他已经悟到，在中国骂政府、骂军阀、骂团体甚至骂庸众，批判中国历史文化社会，都不要紧，而且还能博得读者的喜欢和佩服。但要骂具体人如骂陈西滢、李四光等，就会惹出是非[39]。

从《朝花夕拾》的几篇回忆故人的文章看，人物与事件的交叉叙述很需要剪裁的功夫。《藤野先生》开头的『东京也无非是这样。上野的樱花烂熳的时节，望去确也像绯红的轻云』，先写东京的无聊，说明自己起意去偏僻的东北仙台的原因之一。而开头这一句又是全部『旧事重提』回忆记整体叙述的一部分，由此引向并聚焦到藤野先生身上。至于其他教授的生活和教学、藤野先生的结局、同班同学们的去向，只能作为辅助，甚至大多略而不提。

陈师曾画作

写真实经历的文章，作者为集中笔墨、避免枝蔓，有自由选择的空间。《阿长与〈山海经〉》集中笔力在人事；《琐记》虽然时间跨度很大，但全篇集中在南京的学堂生活，只是在解释『走异路』的原因方面有些简单，可能是因为顾虑琐事太多而且散乱，给人『平铺直叙』的印象。在《范爱农》中，鲁迅通过范爱农写自己在共和时期的经历，提供了很多有价值的资料，对于理解《阿Q正传》等作品很有参考价值。但他对这一篇并不满意，在1934年12月2日写给增田涉的信中说：『只有《藤野先生》一文，请译出补进去，《范爱农》写法较差，还是割爱为好。』[40]所谓『较差』，可能是因为鲁迅觉得这篇文章缺少中心，显得枝蔓。由此推想，《陈师曾》一文的笔力会集中在哪个时期、哪些事件上？矿路学堂？弘文学院？还是北京教育部？着重点不容易寻找。鲁迅最终放弃《陈师曾》的写作，恐怕也是担心文章过多罗列交往史料，流于平铺直叙。鲁迅与长自己五岁的陈师曾交往虽密切，但总体上说是一种淡如水的君子之交，不多起伏波澜，也即缺少故事性，更无戏剧性。鲁迅既觉得《范爱农》『写法较差』，就此搁笔，不写《陈师曾》也就不难理解了。

五

因为陈师曾在绘画篆刻方面成就卓著，鲁迅如果写纪念他的文章，对其艺术做出恰当的评价既是不能回避的内容，也是文章写得好不好的关键。其中的核心是对中国画的评价问题。这一点，更让鲁迅为难。鲁迅对绘画颇能鉴赏，对美术教育的重要性也有较为深刻的认识，但只停留在一般爱好和鉴赏层面，缺少实践，陈师曾却是专业水平，其绘画题材广泛，山水、花鸟、人物、风俗等皆所擅长。花卉虽来自吴昌硕，而能博采徐渭、陈淳、八大山人、石涛以及『扬州八怪』之长，形成自己含蓄秀逸、古朴而不粗野、气韵生动的风格，构图多变，形式新颖，题材既有传统的折枝花卉，也有对景写生的自然景物。

陈师曾进京两年后，已然是北方画坛的代表人物，诗、书、画、印兼善，被誉为『四绝』。1915年2月，国立北京高等师范学校开办三年制手工图画科，陈师曾受聘为国画教师并兼任北京女子师范及女子高等师范博物教员。1918年春，陈师曾到北京大学演讲，引发了师生们研究中国画的兴趣，促成校长蔡元培决定设立北京大学画法研究会，陈师曾被聘为中国画导师。4月，国立北京美术专门学校聘陈师曾为中国画教授，其他与美术有关的学校也争相聘请。

五四运动前后，变革呼声很高。以陈独秀为代表的新文化健将发出了『美术革命』的主张，批判中国传统绘画。鲁迅对国画也是贬多于褒，直到晚年还发表过颇为激烈的言论，如：『就绘画而论，六朝以来，就大受印度美术的影响，无所谓国画了；元人的水墨山水，或者可以说是国粹，但这是不必复兴，而且即使复兴起来，也不会发展的。』[41]1919年在《新青年》的《随感录》发表多篇文章（四十三、四十六、五十三），讨论美术问题，比如说：『进步的美术家，这是我对于中国美术界的要求。……我们所要求的美术家，是能引路的先觉，不是「公民团」的首领。』[42]鲁迅对古人画多山水花卉而少社会事件表示不满，虽然他本人私下里也摆脱不了传统文化的惯性，喜欢雅致的绘画、信笺、印章、金石拓本之类，但讲起推陈出新，就毫不客气，发为激烈言论，恐为陈师曾所不喜。陈师曾不赞成这种『革命』观点，在1921年春发刊的《绘学杂志》第2期上发表了《文人画的价值》，同年11月又在该杂志第3期上发表了《中国画是进步的》。不久，东京美术学校教授大村西崖来访，与陈师曾讨论文人画问题。1922年，陈师曾翻译了大村西崖的《文人画之复兴》，并将自己的《文人画的价值》改写为文言的《文人画之价值》，二文合编成《中国文人画之研究》一书，由中华书局出版。《文人画之价值》申述中国文人画的意义和价值，主张在借鉴外来艺术的同时，弘扬优秀民族艺术传统。陈师曾认为中西绘画没有优劣、高低之分，『宜以本国之画为体，舍我之短，采人之长』，主张『中西融合』『固本出新』[43]。这些意见当然都是正确的，融和转化，也是新文化提倡者的最终意见，但在新旧文化主张激烈斗争、言辞常走极端的氛围中，心平气和的对话既不可能，『融和』就更无从谈起。这个时期的鲁迅和陈师曾，因为站在不同的营垒中，交往逐渐减少，自在情理之中。

既然如此，鲁迅写怀念陈师曾的文章，对这些私人友情层面的内容就更难措辞了。鲁迅对陈师曾的书画虽然赞赏并珍藏，但因为与自己的新文化观念并不契合，故未能给以赞词——这可能是这篇文章没有写成的关键所在。

《朝花夕拾》未使用陈师曾绘画作封面，该书出版后，鲁迅虽然很少在公开场合提及陈师曾，但每一提及，评价就很高。如20世纪30年代初，他起意编印《北平笺谱》，首先想到的就是陈师曾：

> 去年冬季回北平，在留黎厂得了一点笺纸，觉得画家与刻印之法，已比《文美斋笺谱》时代更佳，譬如陈师曾齐白石所作诸笺，其刻印法已在日本木刻专家之上，但此事恐不久也将销沈了。
>
> 因思倘有人自备佳纸，向各纸铺择尤对于各派各印数十至一百幅，纸为书叶形，采色亦须更加浓厚，上加序目，订成一书，……[44]

鲁迅强调，虽然光绪年间的李毓如、伯禾、锡玲、李伯霖和宣统末年的林琴南，在画笺方面颇有成绩，但其道大盛则有赖民国四、五年后的陈师曾、姚茫父诸家。鲁迅在《北平笺谱》的序言中略述中国诗笺发展史，便将『义宁陈君师曾』置于承前启后的关键地位：

> 清光绪时纸铺，尚止取明季画谱，或前人小品之相宜者，镂以制笺，聊图悦目；间亦有画工所作，而乏韵致，固无足观。宣统末，林琴南先

> 生山水笺出，似为当代文人特作画笺之始，然未详。及中华民国立，义宁陈君师曾入北京，初为镌铜者作墨合，镇纸画稿，俾其雕镂；既成拓墨，雅趣盎然。不久复廓其技于笺纸，才华蓬勃，笔简意饶，且又顾及刻工，省其奏刀之困，而诗笺乃开一新境。盖至是而画师梓人，神志暗会，同力合作，遂越前修矣。稍后有齐白石，吴待秋，陈半丁，王梦白诸君，皆画笺高手，而刻工亦足以副之。辛未以后，始见数人，分画一题，聚以成帙，格新神涣，异乎嘉祥。[45]

《鲁迅手稿全集》书信卷显示，20世纪20年代末、30年代初，鲁迅使用陈师曾绘制的山水、花果、器物笺纸数量不少。鲁迅购买陈师曾的作品集，起意或在为写纪念文章做准备。但除了在给友人的信中批评这套玻璃板书『印得很不高明』[46]外，他对书的内容没有做任何评价。既然不写回忆记，也就不必要触及那个烦难复杂的中国画评价问题了。鲁迅没有表达的意见，周作人晚年在《鲁迅的故家》中略有提及：『陈师曾的画世上已有定评，我们外行没有什么意见可说。在时间上他的画是上承吴昌硕，下接齐白石，却比二人似乎要高一等，因为是有书卷气。』[47]这应该与鲁迅的看法相近。

鲁迅没有将一位同学、同事、朋友，特别是一位杰出艺术家的形象在《朝花夕拾》中刻画出来，无论如何是一件憾事。他没有向任何人透露过《陈师曾》的写作计划以及没有实现计划的原因，以上推论提供的思路或对研究《朝花夕拾》、鲁迅的交游和回忆记写作略有参考价值。

注释：

[1] 鲁迅：《〈自选集〉自序》，《鲁迅全集》第四卷，人民文学出版社2005年版，第469页。
[2] 黄乔生：《〈呐喊〉〈彷徨〉两悠悠》，《名作欣赏》2023年第13期。
[3] 鲁迅1926年10月7日致韦素园信，《鲁迅全集》第十一卷，第567页。
[4] 鲁迅1926年10月15日致许广平信，《鲁迅全集》第十一卷，第573页。
[5] 鲁迅1926年11月20日致韦素园信，《鲁迅全集》第十一卷，第623页。
[6] 鲁迅1926年11月21日致韦素园信，《鲁迅全集》第十一卷，第624页。
[7] 鲁迅1926年12月8日致韦素园信，《鲁迅全集》第十一卷，第648页。
[8] 刘彬：《『腊叶』的回眸——重读鲁迅〈朝花夕拾〉》，《文艺研究》2020年第1期。

[9] 王兴杰：《第一次中国教育年鉴・戊编》，开明书店1934年版，第417～418页。
[10] 鲁迅1923年12月12日日记，《鲁迅全集》第十五卷，第490页。
[11] 鲁迅1924年5月3日、8月16日，1925年2月10日、7月15日，1926年5月28日日记，《鲁迅全集》第十五卷，第510、525、551、573、621页。
[12] 鲁迅1926年12月8日致韦素园信，《鲁迅全集》第十一卷，第648页。
[13] 鲁迅1926年10月4日致韦丛芜、韦素园、李霁野信，《鲁迅全集》第十一卷，第562页。
[14] 沈飏民：《鲁迅早年的活动点滴》，《上海文学》1961年10月号。
[15] 鲁迅1914年1月13日日记，《鲁迅全集》第十五卷，第101页。
[16] 鲁迅1914年6月2日日记，《鲁迅全集》第十五卷，第119页。
[17] 鲁迅1914年6月9日日记，《鲁迅全集》第十五卷，第120页。
[18] 鲁迅1914年7月3日日记，《鲁迅全集》第十五卷，第123页。
[19] 鲁迅1915年1月19日、3月18日、10月27日、11月16日、12月7日、12月18日日记，《鲁迅全集》第十五卷，第157、164、193、195、198、199页。
[20] 鲁迅1914年12月10日、1915年2月2日、1917年1月26日、1921年1月10日日记，《鲁迅全集》第十五卷，第143、159、273、421页。
[21] 鲁迅1915年4月8日、9日、10日日记，《鲁迅全集》第十五卷，第167页。
[22] 鲁迅1933年12月27日致台静农信，《鲁迅全集》第十二卷，第532页。
[23] 鲁迅1916年6月22日日记，《鲁迅全集》第十五卷，第232页。
[24] 鲁迅1915年6月14日日记，《鲁迅全集》第十五卷，第175页。
[25] 鲁迅1915年9月8日、9月29日日记，《鲁迅全集》第十五卷，第186、189页。
[26] 许寿裳：《笔名鲁迅》，许寿裳：《亡友鲁迅印象记》，人民文学出版社1977年版，第48页。
[27] 黄乔生：《度尽劫波：周氏三兄弟》，人民出版社2019年版，第181页。
[28] 鲁迅1927年9月25日致李霁野信，《鲁迅全集》第十二卷，第76页。
[29] 鲁迅1927年10月4日致台静农、李霁野信，《鲁迅全集》第十二卷，第77页。
[30] 鲁迅1927年10月14日致台静农、李霁野信，《鲁迅全集》第十二卷，第78页。
[31] 鲁迅1927年10月20日致李霁野信，《鲁迅全集》第十二卷，第80页。

[32] 鲁迅1928年1月31日致李霁野信，《鲁迅全集》第十二卷，第101页。
[33] 鲁迅1928年2月26日致李霁野信，《鲁迅全集》第十二卷，第105页。
[34] 鲁迅1928年3月31日致李霁野信，《鲁迅全集》第十二卷，第111页。
[35] 周遐寿：《鲁迅的故家·俟堂与陈师曾》，人民文学出版社1981年版，第153页。
[36] 鲁迅：《忆刘半农君》，《鲁迅全集》第六卷，第74页。
[37] 周作人：《半农纪念》，《人间世》半月刊第十八期，1934年12月。
[38] 鲁迅：《关于太炎先生二三事》，《鲁迅全集》第六卷，第566～567页。
[39] 鲁迅：《答有恒先生》，《鲁迅全集》第三卷，第473页。
[40] 鲁迅1934年12月2日致增田涉信，《鲁迅全集》第十四卷，第328页。
[41] 鲁迅1935年2月4日致李桦信，《鲁迅全集》第十三卷，第372～373页。
[42] 鲁迅：《随感录·四十三》，《鲁迅全集》第一卷，第346页。
[43] 陈师曾：《文人画之价值》，《中国文人画之研究》，浙江人民美术出版社2016年版，第5～15页。
[44] 鲁迅1933年2月5日致郑振铎信，《鲁迅全集》第十二卷，第366页。
[45] 鲁迅：《〈北平笺谱〉序》，《鲁迅全集》第七卷，第427～428页。
[46] 鲁迅1933年11月20日致郑振铎信，《鲁迅全集》第十二卷，第501页。
[47] 周遐寿：《鲁迅的故家·陈师曾的风俗画》，人民文学出版社1981年版，第154页。

图书在版编目（CIP）数据

朝花夕拾手稿 / 鲁迅著；黄乔生，蒙木编．
北京：文津出版社：国家图书馆出版社，2025.4.
ISBN 978-7-80554-802-9

Ⅰ. I210.4

中国国家版本馆 CIP 数据核字第 20253MB911 号

策 划 人：高立志　　责任编辑：乔天一　许海燕
责任营销：猫　娘　　责任印制：燕雨萌
装帧设计：白　雪　　封面集字：鲁　迅

朝花夕拾手稿
ZHAO HUA XI SHI SHOUGAO
鲁　迅　著
黄乔生　蒙　木　编

出　　版　文 津 出 版 社
　　　　　国家图书馆出版社
地　　址　北京北三环中路 6 号
邮　　编　100120
网　　址　www.bph.com.cn
总 发 行　北京伦洋图书出版有限公司
印　　刷　天津联城印刷有限公司
开　　本　880 毫米 ×1230 毫米　1/16
印　　张　13.75
字　　数　118 千字
版　　次　2025 年 4 月第 1 版
印　　次　2025 年 4 月第 1 次印刷
书　　号　ISBN 978-7-80554-802-9
定　　价　198.00 元

朝花夕拾